电精灵的万能钥匙

〔美〕莱曼·弗兰克·鲍姆 著

韩 阳 贺艳飞 李雪娇 译

浙江人民美术出版社

图书在版编目（ＣＩＰ）数据

电精灵的万能钥匙 ／（美）莱曼·弗兰克·鲍姆著；
韩阳，贺艳飞，李雪娇译. -- 杭州：浙江人民美术出版
社，2024.10
ISBN 978-7-5751-0183-7

Ⅰ．①电… Ⅱ．①莱… ②韩… ③贺… ④李… Ⅲ.
①儿童小说－幻想小说－美国－现代 Ⅳ．①I712.84

中国国家版本馆 CIP 数据核字(2024)第 103988 号

电精灵的万能钥匙

[美] 莱曼·弗兰克·鲍姆 著

韩 阳 贺艳飞 李雪娇 译

责任编辑 杜 瑜
责任校对 董 玥
责任印制 陈柏荣
插图绘制 潘 路

出版发行 浙江人民美术出版社
　　　　　（杭州市环城北路177号）
经　　销 全国各地新华书店
制　　版 杭州真凯文化艺术有限公司
印　　刷 浙江新华数码印务有限公司
版　　次 2024年10月第1版
印　　次 2024年10月第1次印刷
开　　本 889mm×1194mm 1/32
印　　张 5.375
字　　数 100千字
书　　号 ISBN 978-7-5751-0183-7
定　　价 32.00元

如发现印刷装订质量问题，影响阅读，请与出版社营销部联系调换。

目　录

第一章
罗布的工作室

罗布对电有了兴趣，他开明的父亲认为孩子的想法既有益也有趣，便衷心支持儿子，因此罗布从未缺少过电池、马达或者任何实验所需的零件。

罗布把阁楼上的小小的里间改造成工作室，很快，家里就挂满了电线：不仅所有的外门都装上了电铃，连每扇窗户都安装了防盗报警器；甚至一有人跨过内室的门槛，罗布就能知道。煤气由一个电子控制器点燃；一套报时装置和罗布房间里一个不怎么准的闹钟连在一起，晚上冷不丁地就会响起来，吵醒仆人，闹得厨师还给了警告；还有，邮递员一往信箱里投信就会有铃声响起。

铃声，还是铃声，到处都是铃声，该响的时候响，不该响的时候也响，什么时候都响。另外，每个房间也都安了电话，这样一来，即便家人们想图清静，也免不了受到罗布的电话骚扰。

没多久，罗布的妈妈和姐姐们便一致认定罗布对科学的痴迷带来的简直就是灾难，可罗布的父亲却很高兴，认为儿子做的事足以证明他以后会成为一个出色的电工，坚持支持罗布。

"电力，"这位老绅士英明地说，"注定要成为世界的动力之源。将来，文明要沿着电线发展。我们的儿子可能会成为一位伟大的发明家，他绝妙的发明将震惊世界。"

"可他做实验的时候，"罗布的妈妈显得有些绝望，"我们可能被电死，这个家也可能被乱七八糟的电线点着，再不然，化学品爆炸也会送我们上天堂！"

"胡说！"以儿子为傲的父亲脱口而出，"罗布的蓄电池还没有强大到能电死谁或者点着房子的地步。贝琳达，给孩子一个机会。"

"但这些恶作剧太给我们丢脸了，"妈妈继续说，"昨天牧师来家里，按了门铃，却掉下来一张大卡片，上面写着'正忙，改日再来'。幸好海伦看见了，请牧师进了门。可我后来批评罗布的时候，他却说自己就想试试那个装置好不好用。"

"真棒！咱们儿子已经是个发明家了。我要马上在我的办公室的门上挂一张这样的卡片。贝琳达，我跟你说，我们的儿子会成为这个时代的伟人。"乔斯林先生边说边迈着大步走来走去，对儿子的期望让他浑身上下洋溢着自豪之情。

乔斯林太太叹了口气。她知道只要丈夫支持儿子，自己说得再多也没用，最好还是忍着吧。

罗布也知道妈妈的抗议根本没用，于是就自顾自地继续进行各种电力实验，把房子当作实验室，测试自己的各种发明的威力。

然而，只有在他自己的房间——也就是他的"工作室"

里，他才最高兴。因为这里不仅是房子里数不清的"电线"汇集的地方，而且他还在这里安装了很多供自己取乐的装置。

电车在环形跑道上奔跑，到站就停；火车头牵着几节车厢一颠一颠地爬过一个陡坡，之后又穿过一个隧道；风车不停地把水从洗碗盆里送到铜质的小煮锅里；锯木厂里一片繁忙景象，一大群机器控制的铁匠、磨工、木匠、伐木工、铣工与马达连在一起，各忙各的事，尽管动作很奇怪，却在不停地工作。

房间里到处都交织着电线。电线有的爬上了墙，有的趴在地板上，有的像网一样横七竖八地张在天花板上，客人稍不留神，下巴就会碰到电线，要不就是一不小心被电线绊倒。别说客人不愿意走进这样乱糟糟的房间，就连罗布的父亲也只愿站在门口。至于罗布，他本以为自己能分清每根电线和它们的作用，可实际上，他自己有时候也分不清。

有一天，罗布把自己锁在屋子里不让人打扰，计划着给一座纸板做的华丽宫殿装上电灯，但他确实记不清每根电线的作用了。不错，他有一块"配电板"，可以随意连接或断开电路，可电线似乎接乱了，不知道怎样才能让小电灯亮起来。罗布开始碰运气，全凭猜测，盲目地连上这根电线，接上那根电线，希望能连通电路。

后来，他觉得某个电路好像连对了，不过电力不足，于是就把别的电线接过来，之后又接了一些，最后差不多把房间里所有的电线都接上了，还是没成功。罗布停下来，想了想究竟哪里出了问题，就又开始动手。他把这条、那条电线连起来，在这儿加一条，再在那儿加一条，最后，在他又加了一条电线后，眼前突然闪过一道亮光，他的眼睛差点被这道亮光弄瞎。而"配电板"最终也像是没能承受住强大的电流，不幸爆裂，完全散架了。

亮光闪过的时候，罗布捂住了脸，发现自己没受伤后，他把手放下来，眨着眼睛想看看那道照亮了整个房间的强光，这时候的房间比太阳最好的时候还亮好几倍呢。

尽管刚把手放下来的时候眼睛很花，罗布还是不由地盯着面前看，最后发现那道光集中在一个地方，每一缕明亮的光线似乎都是从那里发出来的。

他闭上眼睛缓了一会儿，然后又睁开，还用手挡在眼前，他看见耀眼的光芒中间站着一个奇怪的精灵，他看起来威严镇静，还低头看着罗布！

第二章
电精灵

罗布是个非常勇敢的男孩，可面对这个一直盯着他看的奇妙精灵时，他还是感到一阵害怕。好一会儿，罗布像块石头一样，坐着一动不动，但眼睛一直没离开那个精灵，仔仔细细地打量着他。

他真是奇怪啊！

他的夹克是不停飘动的白色光芒，光芒外面跳动着红色火焰，朝着各个方向吐着"小舌头"；夹克的扣子发出金色火光；裤子上带点耀眼的蓝色，还装饰着亮红色的条纹。他的马甲十分花哨，如彩虹一般，五颜六色，闪烁着华丽的光芒。他看上去很高贵，眼睛里放出温和却比电灯更明亮的光芒。

要直视这双透亮的眼睛很难，但罗布做到了。过了一会儿，这个绚丽的精灵鞠了个躬，用低沉清晰的声音说："我在这里。"

"这我知道，"男孩颤抖地回答了一声，"但你为什么会在这里？"

"因为你碰了电力的万能钥匙，我必须遵守大自然的法则，过来满足你的要求。"精灵说。

"我……我不知道自己碰了万能钥匙啊！"男孩支支吾吾地说。

"我明白。你是无意中碰到的。之前，世上从没有人碰过它，因为迄今为止，大自然都把这个秘密锁在心里。"精灵说。

听到这里，罗布想了一会儿。

"那你是谁？"罗布最后问了一句。

"我是电精灵。"他郑重地回答。

"天啊！"罗布大喊出来，"精灵！"

"当然。我其实是万能钥匙的仆人，不管是谁，只要够聪明勇敢且碰到了万能钥匙，我就得听那个人的话——至于你，你只是很幸运，冒冒失失地碰到了。"电精灵说。

"我……我从没想过有万能钥匙这种东西，也……也不知道有电精灵，我……我非常抱歉……抱歉，我把你叫来了！"电精灵刚才的一番话让男孩很窘迫，连说话都结巴了。

电精灵听完，微笑了一下——是那种宽慰人的微笑。

"我倒无所谓，"电精灵和善地说道，"好几个世纪才有个人让我服侍，一直等着也很无聊。我总觉得地球人不够聪明，还以为自己永远都不会被叫出来，而你看上去也不太可能会掌握电力的秘密。"

"噢，我们中有很多伟人！"罗布大喊，电精灵的话惹恼了他，"比如，爱迪生……"

"爱迪生！"电精灵喊了一声，还轻声冷笑了一下，"他懂什么？"

"他懂很多东西，"男孩说，"他发明了无数奇妙的电子设备。"

"你错了，那些并不奇妙，"电精灵不屑地说，"爱迪生所知道的电力法则比你多不了多少。对真正知道如何运用电力的人来说，爱迪生只是小有成就罢了。我是怎么知道的？因为我在爱迪生的身边待了好几个月，希望他能碰到万能钥匙，但我看出来了，他根本做不到。"

"那还有特斯拉。"男孩说。

电精灵笑了。

"没错，是有特斯拉，"电精灵说，"特斯拉又怎样？"

"特斯拉嘛，他可发明了很多电子设备，"听到这里，电精灵戏谑地笑了一下，罗布接着说，"他还能和火星人交流呢。"

"什么人？"电精灵问。

"噢，就是生活在火星上的人。"罗布说。

"火星上没有人。"电精灵说。

这几句话听得罗布目瞪口呆，他不禁瞪大眼睛盯着这位客人。

"大家都知道，"罗布回过神来，有些生气地说，"火星居民的文明比我们地球人的先进好多倍。很多科学家都认为，多年以来，火星人一直在给我们发信号，只是我们不明白而已。伟大的小说家还描述了火星人和他们光辉灿烂的文明，而且……"

　　"而且'火星人'对那个小星球的了解并不比你们多。"电精灵不耐烦地打断了他，"你们地球人总是喜欢猜测自己不可能知道的事情。刚好我了解火星，因为我可以在不同的空间穿梭，还有充裕的空闲时间去调查不同的星球。火星上根本没有人，你们能看到的天空中的任何星星上都没有人。当然，某些星球上有低等生物，可只有地球上才有聪明、会思考、会推理的人，你们的科学家和小说家总在探索一些谜团——宇宙中无人居住、毫不重要的星球上的谜团，要是他们能尽力了解自己的星球就好了。"

　　听到这些，罗布既惊讶又失望，但他认为电精灵说的没错，就没再反驳。

　　"你们人类在电力方面的无知程度，"电精灵继续说，"真是让人惊讶。电这种元素自地球形成之初就有了，要是人类能知道怎么恰当运用电力，会在很多方面都受益良多。"

"我们已经受益了，"罗布反驳道，"我们在电力方面的发明让生活方便多了。"

"那你想想完全运用这种伟大的元素之后会发生的事，"电精灵严肃地说，"那时，人类将不再脆弱，不再贫穷，会变得强大和富裕。"

"这话不错，电力……电精灵先生，"男孩说，"要是我说错了你的名字，请你原谅，但我想你说过你是精灵。"

"当然。我是电精灵。"电精灵说。

"电可是个好东西，这你知道，而且……还有……"罗布说。

"什么？"电精灵说。

"我一直觉得精灵都不是好人。"罗布鼓起勇气说出来。

"也不一定，"这位访客说道，"如果你查一下字典就会知道，精灵有好的也有不好的，和其他生物一样。刚开始，所有精灵都是好的，然而近几年，人们渐渐觉得所有的精灵都不好。我不知道这是为什么。你读一下赫西俄德的诗，就会读到这几句：'他们被称为大地上的神灵。他们无害、善良，是凡人的守护者。'"[1]

"但宙斯自己就是个谜。"罗布反对电精灵的话，他之前可是读过神话的。

电精灵耸了耸肩。

"那你就想想莎士比亚先生说的话，你们人类都崇拜他。"电精灵回答说，"你记不记得他说过这样的话：'你的本命星是高贵、勇敢、一往无敌的。'"[2]

"噢，如果是莎士比亚说的，那就没错了。"男孩回答说，"但你似乎更像一个神，你回应电力万能钥匙的召唤和《阿拉丁》里的神一样，只要有人擦一下油灯，神就出现了。"

"当然了。精灵都是神，神也都是精灵。"电精灵说，"名字有什么关系？我现在过来听候你的差遣。"

---

[1] 原文出自赫西俄德《神谱》，本文所选译文出自蒋平、张竹明《工作与时日·神谱》。

[2] 原文出自莎士比亚《安东尼与克莉奥佩特拉》，本文所选译文出自朱生豪《莎士比亚全集》。

第三章
三件礼物

对伟大的东西太了解，反而会带走我们的敬畏。伟大的将军只是震慑住了敌人；伟大的诗人经常会被自己的妻子责备；伟大的领导人的孩子相信他，在他膝下爬来爬去而免于处罚；伟大的演员虽然被崇拜者们呼唤到台前，却经常会在后台入口被债主堵截追债。

罗布和会发光的电精灵聊了一会儿后，慢慢镇静了下来，也不那么害怕了。开始，罗布觉得他身上的光非常晃眼，现在也逐渐适应了。

电精灵说自己已经准备好听从男孩的命令时，罗布真诚地说："你肯定已经知道了，我并不是技艺娴熟的电工，只是运气好才把你叫来的，所以我不知道该怎么命令你，也不知道要让你做些什么。"

"我不会因为你无知就欺负你，"电精灵说，"而且，我非常愿意用这个机会向世界展示电这个元素真正的强大之处。我要跟你说的是，因为你碰到了这把万能钥匙，所以在接下来的三个星期里，每个星期你都可以问我要三件礼物。但这三件礼物一定要跟电相关，我才能送给你。"

罗布遗憾地摇了摇头。

"我要是个伟大的电工，就知道该要什么了，"罗布说，"但我什么也不懂，不知道该要什么礼物。"

"那么，"电精灵说，"我可以给你推荐一些，这些礼物会让地球人意识到自己面前的可能性，还能鼓励地球人更勤奋地工作，努力掌握控制电力的简单而自然的法则。现在人们最大的错误就是他们认为电是种复杂的东西，很难理解。其实，电是非常简单的元素，无论是谁，只要愿意，就能轻易地掌控它。”

罗布打了个哈欠，他觉得电精灵说的话越来越无聊了。

电精灵好像察觉到这种无礼的行为，他接着说："当然，我也很遗憾，因为你不是大人，只是个小孩子，要是你的朋友知道你这个毛头小子好像弄明白了一些连最有学问的科学家都不懂的秘密，一定会觉得很奇怪。但这无法改变。用不了多久，在我的帮助下，你就会成为世界上最强大、最让人敬佩的人。"

"谢谢，"罗布谦虚地说，"这肯定很好玩。"

"好玩！"电精灵轻蔑地重复了一遍，"别管那么多了。我必须运用命运赐予我的本事，还得好好运用才行。"

"那你会先送我什么？"男孩心急地问。

"这我得想想。"电精灵答道。他沉默了一会儿，在这期间，罗布的眼睛一直看着来客——电精灵身上那些五颜六色的光芒四散开来，不停地跳动闪烁，就像一个光环。

这时，电精灵抬起头说："人最需要的就是食物。人的一生中很大一部分精力都用在努力获取食物、准备食物上，最后还得吃掉它们。这可不对。每天都想着怎么填饱肚子，生命就不会太有价值。因此，我要给你的第一件礼物是这盒营养片。每一片营养片都含有电能，能提供一整天所需要的能量。你要做的是每天吃一片，获取需要的营养，你不但不会饥饿，还会保持健康，变得很有力气。人类平常吃的食物对身体多少都有些不好，但这个营养片是完全有益的。而且，这些营养片够你吃好几个月。”

电精灵递给罗布一个装着营养片的银盒。不知怎么回事，罗布有点紧张，但还是道了谢。

“人的第二个需求是，”电精灵接着说，“保护自己免受敌人的伤害。我遗憾地发现人类经常发动战争，相互残害。而且，就算是在最文明的社会，很多人也会受到路上的强盗、坏脾气的人的威胁。为了保护自己，人就得使用又沉又危险的武器来打败敌人。这可不好。人没有权力随便夺走自己不能给予的东西，也不能毁掉自己创造不出来的东西。就算是出于自卫，杀死同胞也是可怕的罪行。因此，我要给你的第二件礼物是这个小电管。你可以把它放在口袋里。不管是人还是猛兽威胁你，只要把它拿出来，按一下手柄上的按钮，它就能马上向你的敌人射出一股电流，让对方昏迷一小时——你就有时间逃跑了。至于你的敌人，醒过来之后只会觉得有点头疼，别的什么事都没有。"

"太好了！"罗布边说边接过小电管。它只有大概 15 厘米长，一头还是空的。

电精灵接着说："人都很忙，所以就得到处跑。为了方便，就有了简单丑陋的有轨电车、缆车、火车、汽车等。这些东西在凹凸不平的地球表面慢慢蹭着，还经常出问题。我更不高兴的是，人们现在连鸟儿知道的事都不懂：鸟儿都能借助空气快捷轻松地来往于地球的各个地方。"

"已经有人在试着造飞机了。"罗布说。

"的确是，但是那种笨重巨大的机器会产生那么大的空气阻力，基本没什么用。人要在天上飞，根本没必要靠大机器。只要借用大自然中的力量就能轻易做到。告诉我，是什么让你站在地上，是什么让石头落地？"电精灵说。

"引力。"罗布立刻答道。

"没错。这就是我说的大自然的力量中的一种。"电精灵说，"斥力很少有人知道，可它也很强大，也是人类能够掌控的另一种力量。还有极电，它会把物体吸引到南极或北极去，你使用指南针或者电针时大概已经感受到。和极电相反的是离心电，它把物体从东吸引到西，或者从西吸引到东。这种力是地球围绕地轴运动形成的，很容易就能加以利用，可你们人类中的科学家却没怎么注意。"

　　"这些力量在各个方向上起作用，是确定不变的，人类都可以加以利用。它们能让你在地球上随意穿行，不管你要去哪儿，不管你想什么时候去。前提是，你得知道怎么控制这些力量。现在，我给你一个我自己改造过的机器。"电精灵说。

　　电精灵从口袋里拿出来一个东西，它像一块没有表盖的怀表，上面系着一条窄窄的弹性腕带。

　　"你想出行的时候，"电精灵说，"就用这条带子把这个飞行器系在左手腕上。它很轻，不会妨碍你。表盘上有两个点，分别标明'上'和'下'两字，还有个非常准的指南针。你要想上升，就用右手手指把指针对准'上'。

当你上升到自己想要的高度时，就把指针调到指南针上你想去的方位，就会有合适的电力带你过去。要想下来，就把指针对准'下'。明白了吗?"

"明白了!"罗布大喊一声，高兴地从电精灵那里接过飞行器，"这个飞行器真神奇，我太感谢你了!"

"别客气，"电精灵语气平平，"下周你可以尽情使用这三件礼物。不过，凭一个小男孩的能力，好像很难完全掌握这样伟大的科学发明。但这些发明都没什么害处，只要你使用得当，拿着它们也不会惹出麻烦。况且，谁能料到这会给人类带来什么好处呢? 从今天这个时候算起，一个星期之后我会再来找你的，那时你会得到另外三件礼物。"

"我不知道能不能再接通碰到万能钥匙的电路。"罗布说。

"很可能碰不到了，"电精灵说，"你要是还能碰到，我就会一直听从你的命令。但是，你这次成功了，能得到九件礼物——每周三件，连续三周——因此你没必要再召唤我一次，时间一到我就会来的。"

“谢谢。”男孩低声说。

电精灵鞠了一躬，用手画了个半圆。一下子又闪过一道耀眼的光，罗布回过神来睁开眼的时候，电精灵已经消失了。

第四章
测试小礼物

　　要是成年人经历了这种奇特的事——想到自己和神秘的电精灵见了面，碰到了开启大自然最伟大的力量的万能钥匙，而且现在自己的手里有三件神奇而有用的礼物，这个成年人肯定会害怕得直发抖，感到不安。可在孩子眼里，什么都是理所当然的。

　　知识树在罗布的身体里生根发芽，实践的叶子越长越茂盛，一连串怪事已经让他好奇的感官变得麻木。要让一个孩子惊讶可不那么容易。

意料之外的好运让罗布开心极了，但他根本没去想这种好事降临在自己的头上，是不是有什么特别奇怪神秘的地方。罗布感到无比骄傲。现在，他能让之前嘲笑他是电力狂的人大吃一惊，还能让他们不得不崇拜他的超能力。

他决定不向任何人提起电精灵，也不把偶然碰到万能钥匙的事说出去。他要向朋友们展示新得的这几件电子设备，看他们惊讶的样子，还不告诉他们自己是怎么做到的，这肯定有"无穷的乐趣"。

罗布把几样宝贝放进口袋，锁上工作室，走下楼准备吃晚饭。梳头发的时候，罗布想起来自己不用再吃普通的食物了。现在他饿了——小男孩的胃口可是很大的。他把银盒子拿出来，吞了一片营养片，立刻就不觉得饿了，像吃了一顿大餐似的。同时，罗布觉得浑身有劲，头脑清晰，精神抖擞，他高兴极了。

可铃声响起的时候，他还是来到餐厅，看到爸爸妈妈还有姐姐们都已经就座。

"罗布，你今天都忙什么了？"妈妈问他。

"别问了，"乔斯林先生笑了一下说，"我用一块饼干跟你打赌，他肯定在鼓捣电。"

妈妈有点不满地说："我真希望你这股狂热劲能早点过去。不然，整天除了干这个不做别的事。"

"确实，"她丈夫一边盛汤一边说，"但这能让他长大后成就一番伟大的事业。暑假里他为什么不能学习有用的知识？难道非得像其他普通男孩一样追逐打闹吗？"

"我不喝汤了，谢谢。"罗布说。

"什么！"父亲惊讶地看着他大声说，"这可是你最喜欢的汤。"

"我知道，"罗布平静地说，"可我不想喝。"

"罗布，你身体不舒服吗？"妈妈问。

"好得不得了。"罗布诚实地回答了。

乔斯林太太担心地看着儿子，罗布拒绝吃烤肉的时候，她真的坐不住了。

"让我摸摸头，我可怜的孩子！"她说着就去摸了一下，却发现一切正常。

实际上，罗布的举动让全家人都很惊讶。整顿饭的时间，罗布就安静地坐着，什么也没吃。他身体很好，精神也没什么问题，可连姐姐们都一脸担忧地看着他。

"他可能只是太累了。"乔斯林先生摇摇头，难过地说。

"哦，不，我没有，"罗布反驳道，"但我打算不吃东西了。多吃东西不是好习惯，对身体不好。"

"这话等到吃早饭的时候再说吧，"姐姐海伦大笑着说，"那时候你就会饿了。"

然而，到了第二天早上，罗布还是不想吃东西——营养片能够提供一天所需的能量。罗布又说不吃饭，这让全家人更担心了。

"再这样下去，"吃完早饭，乔斯林先生对儿子说，"为了你的健康，我得把你送走了。"

"我今天早上还想去旅行呢。"罗布漫不经心地说。

"去哪儿？"父亲问。

"可能去波士顿，也有可能去趟古巴或者牙买加。"男孩回答。

"你自己不可能去那么远的地方，"父亲不相信他的话，"现在也没人能陪你去，我也没钱支持这样贵的旅行。"

"哦，一分钱也不用花。"罗布微笑着回答。

乔斯林先生严肃地看着他，叹了口气。乔斯林太太眼含泪水，俯下身来对儿子说："亲爱的，电这种鬼东西可不好对付。你得答应我，离开那个可怕的工作室一段时间。"

"我一周都不会进去的，"罗布说，"但你们不用担心我。我想说，我做了这么长时间的电力实验并非一事无成。而且，我很健康，和其他男孩一样强壮，脑袋也没出毛病。人们经常认为伟人都是疯子，但爱迪生和特斯拉，还有我，都不会在意——我们还得专注自己的发明呢。现在，为了科学，我要去旅行了。我可能今晚回来，也可能过几天再回来。无论如何，一周之内我一定会回来的，你们一点儿都不用担心。"

"你怎么去？"父亲问他，语气温和轻柔，像是在对精神病人说话。

"飞过去。"罗布说。

他的父亲咕哝了一声。

"那你的气球呢？"姐姐梅布尔讽刺地问。

"我不需要气球，"男孩说，"乘坐气球旅行实在太蠢了。

我要利用电的力量。"

"老天！"乔斯林先生大喊一声。

罗布的妈妈也低声说："可怜的孩子！我可怜的孩子！"

"既然你们是我最亲的人，"罗布没理会这些话，继续说，"我可以让你们跟我到后院，看看我是怎么飞走的。这样你们就会明白电的威力。"

尽管大家不太相信，但还是马上跟着罗布出来了。在路上，罗布把飞行器系在左手腕上，衣袖正好可以遮住它。到了屋后的草坪上，让姐姐们意外的是，罗布——亲了家人。和他们道别之后，罗布就把指针对准飞行器上的"上"。

他立刻升空了。

"别担心我！"罗布朝下喊，"再见！"

乔斯林太太吓坏了，尖叫了一声，双手捂住了眼睛。

"他会摔死的！"震惊的父亲也开始喊，使劲儿仰着头看着正在离开的儿子。

"回来！快回来！"女孩子们也朝着越飞越高的探险者大声叫着。

"我会回来的——过些天!"从高空中传来这个回答。

等飞到比最高的树和尖塔更高的高度时，罗布把指针对准指南针上的东方，快速朝东飞去。这种感觉太棒了。罗布飞在天上，就像羽毛飘浮般轻松，他自己不用费一点儿力。罗布飞得很快，很轻易地把同方向运行的列车甩在身后。

"真是太棒了!"小男孩说，"我来啦，这样旅行不用花一分钱! 而且我口袋里还有够吃一个月的食物。电真是个好东西，绝对是! 电精灵可真厉害。噢! 下面的东西看起来真小：人们就像甲壳虫，房子简直就是香皂盒，还有树林，不过就是一丛一丛的草。我好像是在一个城镇的上空。让我飞低一点，好好看看。"

罗布把指针指向"下"，马上就开始下降，就像乘电梯下楼一样。降低到城镇的上方后，罗布把指针调到"零"，保持着这个高度，好仔细看看。可这个地方没什么能引起他兴趣的东西，所以罗布只看了一会儿，就又上升往东飞了。

下午两点左右，罗布飞到了波士顿的上空，找了条安静的街道悄悄降落下来。他逛了几个小时，欣赏着眼前的景色，想象着人们要是知道了他的超能力会怎么想。但他看上去就和普通男孩一样，路上根本没人注意他。

傍晚时分，罗布走到码头，看船的时候，他注意到一只长得很丑的斗牛犬凶恶地大叫着朝他跑来。

"走开！"罗布毫不在意，还踢了那狗一脚。

斗牛犬大叫一声，瞪着红眼睛，龇牙咧嘴地朝罗布扑过来。罗布立刻把小电管从口袋里拿出来，对着斗牛犬按了一下按钮。一瞬间，斗牛犬就呜呼一声，在地上滚了两圈不动了。

"这就对了。"男孩笑起来，这时，他听到有人在生气地喊他，左右看看，发现有个警察正跑过来。

"你是不是杀了我的狗？"警察大喊，"等着瞧，我要让你蹲监狱，今晚就把你关起来！"

他朝罗布走来，一只手拎着根棍子，另一只手拿着一把大左轮手枪。

"那你得先抓到我。"罗布还在笑，在警察惊讶的目光下，罗布一下子飞了起来。

"赶紧下来！下来，要不我就开枪了！"警察大声叫着，把枪上了膛。

罗布很怕他会开枪，为了避免麻烦，他将小电管对准警察，按了按钮。红胡子警察姿势优美地倒在斗牛犬的身上，而罗布则继续升空，直到再也看不到街道。

"真惊险，"罗布暗自想着，呼吸也顺畅多了，"要不是害怕警察开枪，我真不想把他弄晕。反正过一个小时他就没事了，所以也没什么好担心的。"

天渐渐黑下来，罗布盘算着下一步该怎么办。要是自己有钱，就能降落在某个镇子上，在旅馆住一晚，可他一分钱都没带就离开了家。所幸这个季节，夜晚还算温暖，罗布决定飞一整晚，也许早上就会飞到一个他从没去过的地方呢。

一直以来，罗布都对古巴很好奇，他想古巴应该在波士顿的东南方向，于是他把指针调好，快速地飞往东南。

罗布想起来，距自己吃完第一片营养片已经过了二十四个小时。所以在天上飞的时候，他又吃了一片，立刻就不饿了，而且和之前一样精力充沛。过了一会儿，月亮出来了，罗布高兴地看着漫天数不清的星星，想知道是不是真的像电精灵说的那样，地球是最重要的星球。

罗布越来越困，很快就安然进入了甜美的梦乡。指针还指着东南方向，飞行器带着罗布在凉爽的晚风中飞快地前进。

第五章
野蛮岛

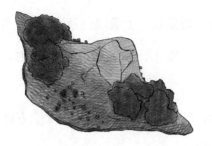

　　无疑，白天的探险让罗布很累，晚上他睡得很舒服，就像睡在自己的卧室，躺在自己的床上。最后，他醒了，睡眼蒙眬地看了看周围，发现自己正在一大片水域上快速飞行。

　　"这是海洋，肯定是，"罗布自言自语，"我还没到古巴呢。"遗憾的是，罗布的地理知识非常匮乏，要想去古巴，应该从波士顿往西南走，而不是东南。他的无知很快就带来了严重的后果——他一整天都在广阔无垠的海洋上飞行，目光所及之处，连个能让他高兴一下的小岛都没有。

太阳火辣辣的，罗布很后悔没带伞出来。幸好戴了一顶宽边草帽，帮他遮了点阳光。后来，罗布发现，要是在海面上空某个高度飞，就能避开海面反射的阳光，还有凉爽的风吹过。

当然，罗布可不敢停下，因为没地方降落，所以他沉着地继续往前飞。

"可能我已经飞过古巴了，"他暗自想着，"但现在我也不能改线路，要不就会迷路，再也看不到陆地了。我敢肯定，继续往前飞的话，很快就能看到陆地了。而且，想回家的时候，只要把指针对准西北，就能回到波士顿了。"

这样想当然没错，但这个鲁莽的年轻人还不知道自己飞过海洋，很快就会到距离非洲海岸不远的一座蛮荒的岛上。不幸的是，事实的确如此。太阳就要沉下海面的时候，罗布看到前面有一座大岛，他不由得松了口气。

罗布降低了飞行高度，自认为已经飞到岛中心的上空时，才把指针对准"零"，停了下来。

这里草木郁郁葱葱，美丽的小溪波光粼粼，流过茂密的树林。这座岛自海岸往中央越来越高，岛中央已经是一座小山了。岛上有两片空地，分布在岛的两端，罗布看到两片空地上有许多用树枝和木柴搭成的奇怪小屋。这说明岛上住着人，但他并不熟悉这个岛，所以明智地决定先看看岛上的人是什么样子、是否友善再说。

于是，罗布飞到小山上方，山顶上是一片直径约 4.5 米的平坦草地，四周都很陡峭，想爬上来并不容易，而且这里既没有人，也没有动物，很安全，所以罗布降落在山顶。这可是二十四个小时以来，他的脚第一次踏在地上。飞行一点儿都没让罗布感到疲惫，实际上，他觉得神清气爽，颇有活力，好像整个旅程都在休息一样。

罗布走在柔软的草地上，感到非常高兴，他还把自己和探险家做比较。显然，文明还没发展到这个美丽的地方。热带地区的暮光很短，天很快就黑了。不一会儿，除了罗布站着的地方，整个岛都暗下来，变得模糊不清。看着玫瑰色的晚霞消失在西边的天空，他又吃了一片营养片。夜色渐渐深了，罗布舒展身体，躺在草地上睡着了。

　　白天发生了这么多事，所以夜里罗布睡得很香。醒来时，天色大亮，太阳都已高照头顶。他站起来，揉了揉眼睛，想找点儿水喝。往下望去，罗布看到有几条小溪蜿蜒而下，穿过森林，于是他决定去离那些树枝搭成的小屋最远的一条小溪。他把指针对准那个方向，很快就到了小溪岸边的一个隐蔽处。

　　罗布跪在地上从小溪里喝水，溪水清澈凉爽，他喝了很多。可他刚要走的时候，一条绳子突然套住了他，把他的胳膊紧紧捆在身上，让他动弹不得。同时，罗布耳边还传来一阵很大的喧哗声，可他听不懂那些话，不一会儿，他就发现自己被一群土著包围了。这些人穿着破破烂烂的衣服，手里的长矛和粗棍子是为数不多的武器。他们的头发又长又卷，像灌木丛一样厚，鼻子、耳朵上挂着鲨鱼牙齿和奇怪的金属饰品。

　　这些人悄悄地走到罗布身边，所以罗布才没听到一点儿响动。而现在，他们大声说着话，一副很兴奋的样子。

　　最后，一个又老又胖的土著走过来，好像是首领，他走近罗布，用蹩脚的英语说："你怎来？"

"我飞来的。"罗布嬉笑着回答。

首领摇了摇头，又说："没船。白种男人怎来？"

"天上飞来的。"罗布回答说，听别人称他为"男人"，他很高兴。

首领抬头看了看天，脸上一副迷惑的表情，之后又摇了摇头。"说谎。"他冷冷地说。

于是他就和同伴说话去了，一会儿又朝罗布走来，说道："我见白人很多。大船来的。他们响棍子[3]杀人。我们吃掉。"

这让罗布很不高兴。他从未想过探险的结局是自己被吃掉，于是他心急火燎地对首领说："老家伙，听着，你想死吗？"

"我不死，你死。"首领回答说。

"吃了我你也会死，"罗布说。"我是有毒的。"

"毒？什么是毒？"首领问道，他不明白罗布说的是

---

[3] 响棍子此处即枪。

什么。

"是这样，毒会让你生病——很严重。到时候你就死了。我浑身都有毒，每天早上都吃点儿有毒的东西。"罗布说。

首领仔细听罗布说着，可只明白了一部分。想了一会儿，他说道："说谎。全谎话。我吃很多人。没得病，没死。"接着，首领又高兴起来，加了一句"我也吃你！"

罗布还没想好该怎么应对，捉住他的人就牵着他，带着他穿过森林。他们把罗布绑得很紧，绳子正好勒在手腕的飞行器上，把手腕压得生疼。但罗布决定，无论发生什么事，自己都要勇敢，于是他一言不发，跌跌撞撞地跟着土著走。

走了一会儿，他们就来到了村落里，罗布被推进一个树枝堆成的小屋中，重重地摔倒在地上。

"我们点火，"首领说，"然后再吃。"

他说完这番话就得意地走了，留下罗布一个人胡思乱想。

"这下完了，"男孩嘟囔着，"真希望我现在是在家和爸爸妈妈还有姐姐们一起。真希望我从没见过电精灵，他也没给我什么绝妙的发明。没碰到万能钥匙的时候我过得快乐极了。哦——哦——哦！太糟糕了！"正想着这些不开心的事，罗布忽然感到有什么东西弄疼了后背。他滚了一下，发现刚才自己躺的地方突出来一块尖锐的石头。他有了主意，开始在石头上蹭来蹭去，想要磨断绑住他的绳子。

罗布听到外面有木柴噼啪作响的声音，看来火已经点好，他知道自己的时间不多了。罗布左右扭动身体，使出吃奶的力气在石头上磨绳子，大汗淋漓。

终于，绳子断了，罗布急急忙忙解开绳子，站起身，揉了揉被捆麻了的肌肉，努力平静下来。他重得自由还没一会儿，就听到身后传来了惊讶的声音，一转身，看到小屋门口站着个土著。

罗布笑起来，现在他可不怕这些人了。那个土著向罗布扑来，罗布马上拿出小电管，朝那个人按下了按钮。只见那个人没吭一声就倒在了地上，一动不动。

这时又一个人走进来，后面还跟着那个胖胖的首领。

看到罗布解开了绳子，同伴躺在地上，首领吓得大喊了一句，用本族语说了些表示惊讶的话。

"老家伙，你也有这样的下场。"罗布冷静地说。

"不！"首领生气地喊道，"你弄断了绳子，也跑不了。没船！"

"谢谢，我不需要船。"罗布说道。这时另一个土著扑过来，罗布用小电管把他电倒在刚才那个被电晕的土著旁边。

看到这样的情景，首领迷惑不解，愣了好一会儿，接着转身跑出了小屋子。

看着首领晃着胖胖的身躯摇摇摆摆地逃走，罗布大笑起来，跟着走了出来，发现自己所处的位置几乎就在土著村的正中心。一堆大火正熊熊燃烧，人们都忙着为大餐做准备。

很快，罗布就被一群土著围住了，他们大声叫嚷着什么，威胁似的朝他走来。可首领大喊一声警告了这些人之后，他们就停下来，和罗布保持着一段距离，只是朝罗布挥舞着手里的长矛和棍子。

"你的人再往前走，"罗布对胖首领说，"我就把他们全放倒。"

"你想怎么样?"首领紧张地问。

"瞪大眼睛看好了，"罗布说。接着，他嘲笑似的对着一圈人鞠了一躬，继续说道："很高兴见到你们，谢谢你们那么喜欢我，甚至想把我吃掉。但我今天还有事，所以不能留在这里。"刚说完，那群人就开始惊讶地小声议论起来。罗布又说："再见了，朋友们!"他说完就快速把飞行器上的指针指向"上"。

罗布慢慢升上天空，可刚升到了那些目瞪口呆的土著头顶，却停了下来。罗布担心地看了一眼指针。指针指得很准，他马上知道了——这个精密的飞行器出了毛病。也许是自己被绑的时候让绳子勒坏了。罗布停在两米高的空中，没法再往上飞一厘米。

然而，罗布就飞了这一小段，人们已经震惊不已，他们看着停在半空中的罗布，马上就把他当成了神，拜倒在他身下。胖首领年少时就见过外人，知道外人不可信。所以，他和别人一起拜倒的同时，还偷偷地用眼睛瞟罗布，他发现罗布局促不安，看上去有点儿烦心，也有点儿害怕。

于是胖首领对旁边的人下了一个命令。那个人悄悄地爬到罗布背后的位置，站起来用长矛戳了一下悬在半空中的"神"。

"哎哟！"男孩大喊了一声，"别碰我！"

罗布转头看看，那个人还在用长矛戳自己，于是将小电管对准他按下开关，那个人立即像保龄球球瓶一样倒下了。

土著们听到那人痛苦的叫声，抬头看了一眼，就又拜倒了。他们看到了"神"的另一种威力，害怕地使劲磕头。

事情变得棘手起来，罗布不知道这些野蛮人打算怎么对付他，而自己现在也没法升高了，所以他想还是先离开他们比较好。他把指针对准"南"，那边的树丛间有一片平地。可飞行器却带着他朝东北飞去，这更说明飞行器已经不准了。而且，他正慢慢朝着火堆飞去，尽管现在火已经灭了，可红色的余烬还在燃烧着。

罗布吓坏了，左右调整着指针，试图改变飞行的方向，可是鼓捣了一番的后果就是他径直朝着火堆飞去，然后猛地停在火堆上方。

"救命啊！有火！"罗布感受到脚下的火焰，大喊起来，"快过来，救命啊，胖子，快来救我！"

胖首领马上站起来救罗布。他跳起来，抓住罗布的脚踝，把他拽回地上，离火堆远远的。可胖首领还没来得及松开抓着罗布脚踝的手，飞行器就带着他们一起升上了天空。

首领发现自己离开大地之后，吓得尖叫起来，松开了罗布，倒栽葱似的摔在地上。其他人也早都站起来了，现在都围在首领身边，把他扶起来。

罗布继续在空中飘着，就在那群人的头顶上方，现在飞行器已经坏了，罗布也没心思逃跑。但他决定回到地上，想用跑的方式逃走，而不是飞走。于是他让指针指着"下"，飞行器带着他慢慢下降，让他安心的是，他稳稳地着陆了。

第六章
海盗们

人们又一次围住了我们这位小探险家，罗布冷静地把小电管拿出来，对首领说："告诉你的人，我要去树林，谁要敢拦着我，我就让他不能动弹。"

首领所懂的英语足以让他明白罗布的意思，他就向同伴们重复了一遍。这些人都见识了小电管的威力，明智地往后退，给罗布让出一条路。尽管罗布害怕有些人会用长矛刺自己，用棍子打自己的头，但他还是在这些人的注视下，抬头挺胸地走了。这些人被所看到的新东西吓到了，仍然相信他是个神，所以没人拦着他。

罗布走出村子后，朝岛中心高高的平地走去。那里远离土著们，很安全，能让他好好捋一捋思绪。但走到那里他才发现山太陡了，自己爬不上去，于是他把飞行器的指针指向"上"，发现飞行器竟然还有足够的能量带着自己飞到山顶平坦的草地。飞上山后，罗布躺下来，绞尽脑汁思考该如何逃出这种糟糕的困境。

"我在一个蛮荒的岛上，离现代文明有好几百千米，没办法回去，"罗布想着，"家人每天都会出来找我。一个星期后，电精灵会到家里来，却见不到我，我就得不到另外三件礼物了。这我倒不太在乎，新的礼物没准儿会让我遇到比现在更大的危险。可现在我该怎么从这个可怕的岛上逃走呢？要是逃不掉，总有一天会完蛋！"

好长时间，罗布脑子里都是这样的想法，然而除了瞎想一番，也没想出有用的逃跑方案。一个小时过去了，他朝平地四周看去，发现围了一圈土著，他们安静地坐着，想看看罗布会有什么举动。

"他们可能想饿死我吧，"罗布心想，"但只要我还有营养片，他们就不会得逞。就算我饿死了，我也已经很瘦，就不怎么好吃了。无论如何，我也是占上风的。"

罗布又躺下来，开始检查飞行器。因为不懂飞行器的构造，他怕装不回去，就没敢拆开。但他发现飞行器边缘有两处凹陷，相对着一边一个，显然是刚才被绳子勒的。

"要是我能把凹陷处修好，"罗布想，"也许飞行器就又能用了。"

他先试着用小刀把飞行器撬开，可没成功。后来看到凹陷处有点扁了，向外突出来，罗布就把飞行器放在两块扁平的石头中间，使劲挤了挤，直到飞行器又几乎变成了圆形。当然，凹陷处还在，但他希望飞行器可以重新工作了。

要知道飞行器是否修好了只有一种方法——罗布把飞行器系在手腕上，把指针指向"上"。罗布慢慢地升空，大概到了6米多的高度，之后飞行器的速度开始慢了下来，最后停止不动了。

"这次好多了，"罗布想，"现在来试试它能不能水平飞行。"

他把指针对准"西北"——家的方向——飞行器缓慢地遵从了罗布的指挥，带着他离开平地，飞过小岛。

土著们看罗布走了，都跳起来，惊讶地大声喊，还朝着他掷长矛。但罗布已经飞到了很高很远的地方，他们也拿他没办法。罗布毫发无伤，继续自己的旅程。

有一次，一棵大树的树枝挂住了他，差点掀翻了他，之后遇到这种情况，他都抬起脚来躲过去了。最后，他成功飞出了野蛮岛，到了海面上空。离开那座岛，罗布倒没有什么遗憾，只是很担心飞行器。飞行器显然已经不能正常工作了。他身下是广袤的海洋，可自己飞行的速度和走路差不多。

"照这个速度，我得明年才能到家，"罗布嘟囔着，"不过，我想我应该庆幸飞行器还能用。"他确实很高兴。

整个下午，还有漫长的夏夜，罗布都在水上慢慢地飞着。和之前快速的飞行相比，用罗布的话说，现在就是在"慢慢往前蹭"，这实在让人厌烦，但罗布无可奈何。

黎明时分，罗布看到远处出现了一艘小船，和自己往同一个方向行驶，不过由于没什么风，所以行驶得并不快。不一会儿，罗布就追上了那艘船，可甲板上没一个人影，整个船身肮脏不已，像是长久没有保养，看上去让人心里很不安。在小船上面盘旋了一阵后，罗布决定降落到船上，休息一会儿。他降落在甲板最高的船头附近，刚想着去船上看看，一个男人就从下面的船舱走出来，发现了他。

这个男人长得极其凶恶，皮肤黝黑，留着浓密的胡子，穿着样式奇怪的海盗服装。他一看见罗布就大喊了一声，喊声立刻招来了四个同伴，他们长得和第一个人一样丑陋。

罗布一看到这些长相凶恶的人就知道遇上麻烦了。看到那伙人拿出匕首和手枪，听他们喊着听不懂的话，罗布叹了口气，把小电管从外衣口袋里拿出来。

海盗们没注意到罗布的小动作，猛地朝他扑过来，罗布只好连续快速按下按钮。眼前出现了一幅无比奇怪的景象：小电管没发出一点儿声音，而海盗们却突然之间全都摔在甲板上，一动不动了。一个海盗被小电管击中时离罗布已经很近了，摔倒的时候一头撞上了罗布的肚子，把他顶到了船边。

罗布很快就恢复过来，看到敌人已经无法再伤害自己了，就走进船舱，好奇地检查了一番。船舱里又脏又乱，臭气熏天，角落的床铺上堆着各种各样的物品，是这伙残酷胆大的海盗从不幸遇上他们的人那里抢来的。

在船舱里看了一小会儿，罗布就回到甲板上，再次坐在了船头。罗布的飞行器不好用了，这才是他现在面临的主要问题。尽管吹来一阵风，鼓起了船帆，使得这艘三桅帆船往前走了好远，但罗布知道，除非能找到比船更快的交通工具，否则就别想回家了。

罗布把飞行器从手腕上解下来，漫不经心地拿在手里，忽然，飞行器"砰"的一声掉在甲板上，飞行器的圆边刚好落到甲板上，快速滚过船舱，不知道掉到哪里去了。罗布一惊，大喊一声就跑过去找，找了好半天才发现它靠着舷墙，在排水口的边上，船身稍一晃动，就会掉进海里。

罗布赶紧抓住宝贝，好好查看了一番，发现这一摔把飞行器边缘上凹进去的部分磕得鼓了出来，之前被绳子勒出的凹陷基本看不见了。不过现在飞行器的形状更不圆了，罗布害怕自己把它彻底摔坏了。要是飞行器真的坏了，他很可能会变成这伙海盗的囚徒，尽管现在他们还不能动，不过很快就能清醒过来。

罗布坐在船上，悲伤地想着自己不幸的遭遇，这时，他发现一个人已经能动了。小电管对他们的影响渐渐消失，海盗已经坐起来，他困惑地揉了揉脑袋，看了看四周。看到罗布，他愤怒地喊了一声，拿起了匕首，可因为害怕小电管的威力，他溜回船舱，那里还是安全的。

现在，另外四个海盗也起来了，低声咕哝了几句罗布听不懂的话。但这些人都不想再被罗布的小电管击中，所以一个个跟着头儿钻进船舱了，没去打扰罗布。这时，船开始上下颠簸，让人很不舒服，罗布注意到微风已经逐渐变成了狂风。没人出来照看船帆，有翻船的危险，桅杆也可能折掉。海浪已经很高了，罗布开始担心。

这时，海盗头儿将脑袋伸出船舱门，含糊地说了几句听不懂的话，还指了指船帆。男孩点点头，他知道海盗们想要照看索具。船舱里的海盗都出来了，他们看起来很害怕。他们把船帆卷了起来，好让船能经受得住暴风雨。

罗布没再搭理他们。他十分疑惑地看着飞行器，思考着要不要再试试它的威力，看能不能飞上天。不管是留在船上，还是赌一把，他都有可能随时掉到大海里。他虽然有点犹豫，但还是把飞行器系在手腕上，靠着船舷，观察暴风雨的情况。罗布想，自己可以等到船沉没的时候再用飞行器赌一把。因此，他决定等到最危险的那个时刻。

最危险的时刻不一会儿就到了，在罗布伏在船舷上的时候，海盗们悄悄从他身后摸过来，一下捉住了他。其中两个海盗抓着罗布的胳膊，另外几个搜了搜他的口袋，把小电管和装着营养片的银盒子拿走了。他们拿着这些东西进了船舱，扔到抢来的那一堆值钱的东西上。海盗们没注意到罗布的飞行器，看罗布没了武器就开始嘲笑他，野蛮的船长还狠狠地踢了罗布几脚，发泄怒气。

罗布又伤心又失望，马上就要哭出来了，不过他还是坚强地忍了下来，接受自己的厄运。但另一个海盗准备再好好惩罚他一下，拿着厚厚的皮带走向前来，这次，罗布决定不再挨打了。

罗布把指针指向"上"，让他感到高兴和满意的是，飞行器带着他飞了起来。眼看罗布就要升上天空，那个要打他的海盗死死抓住了罗布的脚，其他海盗也跑来帮忙。然而，飞行器似乎不受重量的影响，带着海盗们和罗布一起升空了。第一个海盗抓着罗布的脚，第二个海盗抓住了第一个海盗的脚，第三个海盗抓住了第二个海盗的脚，剩下的两个海盗又抓住了第三个海盗的脚，海盗们想用所有人的力量把罗布拽下来，可短短一分钟，罗布已经升到高空中，脚踝上还挂着五个海盗。

刚开始，这些坏蛋惊讶得说不出话来，但发现自己被带到天上远离船只之后，便害怕地大叫起来。最后，那个抓着罗布的脚的海盗一时失了手，五个海盗一起掉到海里去了。

看到飞行器能够正常运转，罗布也就不管海盗们了，任他们挣扎着朝自己的船游过去，他则再一次落在甲板上，从船舱里找到银盒子还有小电管。海盗们刚爬上甲板，罗布就立即逃走了，一下子飞上了天空，速度快得

惊人。

实际上，飞行器比到了野蛮岛之后的任何时候都运行得好，男孩高兴极了。

最开始，风带着罗布往南飞，后来罗布越飞越高，飞到了气流的上面，把暴风雨甩在身下。这时，罗布把指针对准"西北"，紧张得大气都不敢出，想看看飞行器会不会听从指挥。成功啦！罗布快速往西北飞去，他的焦虑被甜蜜的满足感取代。

成功飞行让罗布自己也很惊讶，他认为是飞行器掉落时产生的振动让它又能重新工作了，那次掉落不仅没有摔坏飞行器，反而帮助了电流发挥作用。罗布轻松地穿行在空中，用滑翔的姿势饶有兴趣地看着身下的暴风雨。头顶上的太阳闪烁着平和的光芒，这种对比既强烈又奇怪。大概一个小时之后，暴风雨渐渐减弱，也有可能是罗布飞过了暴风雨的区域，因为深蓝色的海洋又进入了他的视野。罗布下降到离海面 30 米的高度，继续往西北飞去。

但现在，罗布有些后悔鼓捣了下飞行器，因为他没再像鸟儿一样迅捷地往前飞，相反，速度慢了下来，飞得还有些不稳，罗布可不确定这个受损的飞行器会不会随时罢工。但至少它还朝着正确的方向飞。罗布决定不再管飞行器了，随它去吧，只要不让自己落水就行。就算飞得再不平稳，只要继续飞，飞行器迟早会把他带到陆地上，这才是罗布现在最期望的事。

晚上，罗布睡得并不好，很不安，因为害怕飞行器坏掉导致自己掉进海里，他惊醒了不止一次。有时，飞行器飞得很快，有时又有点儿飞不动，所以罗布难免有些焦虑。

第二天，罗布还是非常不安，他开始有点儿恼火，怀疑自己是否走对了方向。飞行器既然坏了一次，就有可能坏第二次。罗布已经对飞行器的准确性毫无信心了。

尽管飞行并不平稳，还有这些让罗布困惑不已的事情，但因为太紧张了，罗布筋疲力尽，所以这一晚他睡得很香。他一觉醒来，天已经亮了，他看到自己正在接近陆地，心中十分兴奋。

太阳缓缓升起，罗布发现自己正在一个大城市的上空飞行，他认出这就是波士顿。罗布没有停下，飞行器太不可靠了，他不敢停下来。但他必须得把方向从西北调整到正西，这小小的调整带来的后果是速度大大降低，直到中午罗布才看到自己居住的熟悉的小村庄就在身下。

罗布仔细地找到父亲的房子，停到了房子正上空。之后，他降落在后院，就降落在当初成功飞起来的地方。

第七章
电精灵很生气

　　母亲和姐姐们都高兴地拥抱亲吻了罗布，就连乔斯林先生也温柔地拥抱了他。当他简短地讲述自己的冒险旅程时，家人们满脸怀疑，不住地摇头，不过这也在情理之中。

　　"好孩子，"父亲说，"经历了这么多磨难，够你受用终生了，我希望你从今以后能乖乖地待在家里。"

　　"天啊，罗布！"母亲嚷道，泪水盈眶，满是爱怜，"你不知道这一星期我们有多担心！"

"一星期？"罗布惊讶地问道。

"是啊，到明天早上，你从天上消失就整整一星期啦。"母亲说。

"那么，"罗布想了想道，"我回来得真及时。"

"及时做什么？"她问。

罗布没有回答。他想到了电精灵，想起了这天下午，聪明神秘的电精灵将会再次拜访他。

为了让母亲开心，尽管不饿，罗布还是和家人围坐在一起吃午饭，而且像以前一样吃得津津有味。饭菜非常可口，这令他很意外，他还发现吃一顿美餐是一件多么开心的事。他想，营养片只适合在旅途中吃，如果总吃，一定会错过许多乐趣，因为营养片没有一点儿味道。

下午四点钟，罗布打开了工作室的门。屋里的东西还是离开时的样子。他开心地看了看自己那些简单的电子设备。虽然和电精灵送的三样东西比起来，这些设备简直太简陋了，但一想到正是这些蛛网般的乱线才让自己碰到了万能钥匙，他又觉得不能小瞧它们。

不一会儿，他感觉到空气在快速流动，就像突然充满了电一样。只见电光一闪，电精灵出现了。

"我来了！"电精灵叫道。

"我也来了，"罗布回答，"但之前我真的以为再也见不到你了，我……"

"别说了，"电精灵冷冷地说，"我知道你的经历。"

"啊，你知道呀！"罗布惊讶地说，"那么你知道……"

"我知道你做的各种蠢事，"电精灵打断道，"因为我一直和你在一起，只不过我隐身了。"

"那你应该知道我有多开心了，"罗布说，"怎么你还说我的冒险很愚蠢？"

"因为它们的确愚蠢，非常愚蠢！"电精灵狠狠地反驳道，"我把珍贵的科学礼物送给了你——那么有用的电子设备，如果人类加以广泛应用，就可以开创新时代。我本来希望你用了这些设备以后，让电子工程师受到启迪，从而快点弄懂其中的工作原理，大量生产，好满足世界的需要。可你是怎么使用这些伟大发明的？老天，你竟然带着它们去了一座野蛮岛！那里甚至连你们的原始文明都没有！"

"我想让那些土著大吃一惊。"罗布咧嘴笑道。

电精灵生气地大喊了一声，用力跺了跺脚，无数火花顿时从他周围冒出来，很快又消失了，发出"啦啦啪啪"的声音。

"给他们看一个普通的电灯泡，那些无知的土著都会感到不可思议，"他讽刺地叫道，"我送给你的礼物连世界上最懂行的电工看到了都会惊诧万分。你为什么要把它们浪费在那些野蛮人身上？"

"其实，"看到电精灵大怒，罗布又敬又畏，结结巴巴地说，"我没想去什么野蛮岛。我本想去古巴。"

"古巴！那是先进科学思想的中心吗？你为什么不带着那些宝贝去纽约或者芝加哥？或者，你愿意飞过海洋，去巴黎或者维也纳？"电精灵说。

"我从没想过这些地方。"罗布胆怯地承认。

"那我真是说对了，你就是个呆子！"电精灵舒缓了语气说，"你不觉得被地球上的智者推崇为伟人比被愚蠢的野蛮人奉为天神要好吗？"

"哦，当然是这样，"罗布说，"我倒希望自己去的是欧洲。可我也生气，"他继续说道，"你那个破飞行器差点儿要了我的命。"

"噢，这倒是真的。"电精灵坦诚地承认了，"那个东西用的材料太软，边缘被压瘪时碰到了工作装置，影响了电流的正常作用。如果你去的是文明国家，根本不会发生这种事。但为了避免将来产生麻烦，我又做好了一个新的飞行器，外壳比之前的硬得多，用这个来换你现在用的。"

"你真是太好了。"罗布说，急忙把摔坏的飞行器给了电精灵，换了新的。"你确定这个好用？"罗布问。

"随你怎么用都用不坏。"电精灵回答道。

"那么另外三件礼物是什么？"罗布迫不及待地问道。

"在我给你之前，"电精灵说，"你必须答应我，再也不去野蛮之地，而且你的礼物只能给文明人看。"

"好，"罗布答应了，"我再也不想去那座岛了，也不想去任何野蛮的地方。"

"那我就再送你三件礼物，这三件礼物比你之前收到的要更加贵重，更加重要。"电精灵说。

听到电精灵的话，罗布激动得热血沸腾，满脸期待地盯着电精灵。电精灵挺直了腰，闪烁着更明亮的火花。

第八章

罗布获得了新能力

"我想，让你只带攻击武器而不带防御武器就去闯世界，实在是太不明智了。"电精灵暂时冷静了下来，"上周你用那个小电管电晕了不少人。"

"我知道，"罗布说，"但我也没办法。我只能那样保护自己。"

"所以，我要送你的另一件礼物就是这件护身衣。你要把它穿在衣服底下。它能够收集和使用电斥力。你可能没听懂我的意思，我给你详细地解释一下。任何发射物，比如说一颗子弹，或者一把剑、一根长矛，冲向你的时候，与空气摩擦会产生一种我所说的斥力，这种斥力比动力更强，会抓住运动中的物体，并让它反弹回去。这样一来，不管某个东西的力量多大，速度多快，都不会碰到你，任何普通武器都伤害不了你。穿上这件护身衣，除了极少数情况，你就没有必要用小电管了。记住，不要让报复心或仇恨冲昏了头脑，影响你的行为。别人可能会威胁你，但他们伤害不了你，所以你必须记住，他们没有你的超能力，正因为如此，你就得对他们耐心点儿。"电精灵说。

罗布好奇地仔细检查了护身衣。护身衣闪着银光，像羔羊毛一样柔软。显然，这是电精灵特意为他准备的，因为正好是他的尺码。

"现在，"电精灵继续说，语气更加严肃了，"我们要看到的是一件真正伟大的电子设备。连我都不得不佩服引导和规范它的自然法则，那简直既精准又完美。人类还没有发明出这种设备，因为只有完全掌握电力知识才敢相信它的存在。"

说到这儿，电精灵从衣服口袋里拿出一个扁平的金属盒子。盒子宽约 10 厘米，长约 15 厘米，厚约 2.5 厘米。

"这是什么？"罗布好奇地问。

"自动记事仪。"电精灵回答。

"我不明白。"罗布迟疑地说。

"你现在还没有掌握更高级的电力知识，不明白操控它的电力，也看不懂真正记录事情的电波，"电精灵说，"所以我会告诉你它的用处。你现在更感兴趣的应该是这项发明怎么用，而不是了解它的科学构造。"

"假如你想知道此时此刻德国正在发生的大事，首先你转动侧面的旋钮，直到较窄那端的小显示屏出现'德国'的字样；然后打开用铰链与盒身相连的盒盖，这样你感兴趣的正在发生的大事就会展现在你眼前。"电精灵说。

电精灵一边说一边打开盒盖，罗布伸过头去看，就像在看一幅镜子照出来的动态图。只见一队德国士兵在柏林的街上列队前进，队首是骑兵，中间是国王。街道两旁人山人海，大家一边欢呼一边热烈地挥舞着帽子和手帕。罗布还清楚地听到有乐队在演奏德国国歌。

他正看得入迷，场景突然变了，呈现在眼前的是一艘巨大的战船，它正带着彩旗驶入港口。船上围栏边站满了军官和士兵。他们远航而归，此刻正睁大眼睛，焦急地望向大陆母亲。罗布隐隐约约听到了欢呼声，像是上千人在同时呼喊。

场景又变了。映入眼帘的是一间污秽不堪的地下室，四面都是石墙，只点着一盏油灯，灯光忽明忽暗。一个藐视王法的狂徒正发誓要谋杀国王、推翻政权。

"太神奇了！"罗布大喊道，同时又有点遗憾地叹了一口气。

"这个记事仪本身有力地证明了电力巨大的潜能。人类现在不得不靠报纸来获取信息，可那些事都发生很久了才会登报。并且，报纸上的消息可能会不可信。你想这个自动记事仪是多大的进步，它像真理一样可靠。任何事件都无法被篡改，因为就算事情正在发生，电波也能将事情的真相呈现在你面前。"电精灵说。

"但是，如果，"罗布说，"我睡觉的时候或者我没有看盒子的时候发生了什么大事，该怎么办？"

"这个盒子之所以叫作记事仪，"电精灵回答道，"是因为它就是名副其实的记事仪，我刚才只是给你展示了记事仪转播大事的功能。按一下这个开关，你就能打开另一面的盒盖，然后你能看到过去二十四个小时内世界上发生的所有大事。你可以在空闲的时候看。各种不同的场景汇在一起就构成了世界历史，你想什么时候看都可以。"

"它……它好像知道所有事。"罗布低声道，他从来没有这么震惊过。

"它的确知道所有事，"电精灵说，"这个珍贵的礼物我决定交由你来保管。至于到底给谁看过去发生的事情，你一定要慎重，因为真相往往会给人类带来痛苦。"

"我会慎重的。"罗布允诺，恭敬地双手接过了盒子。

"第三个也就是最后一个礼物，"电精灵说，"绝不比记事仪差，但它的作用完全不一样。它就是品行显示镜。"

"那是什么？"罗布问道。

"我解释给你听。你可能知道你们人类多少有点虚伪。也就是说，他们虽然品行低下，却表现得高尚，虽然愚蠢，却表现得聪明。他们明明很讨厌你，却说喜欢你。他们可能残忍，却让你以为他们善良。这种虚伪似乎是人类的缺点。你们的一位作家曾说过一句很有道理的话——在文明人之间，眼见并不为实。"电精灵说。

"我听说过。"罗布说。

"另一方面，"电精灵继续说，"有些人面相凶恶，实际上却品行高尚，诚实可信。所以，为了让你能看清别人，知道谁可信，我送给你这副品行显示镜。它是一副眼镜。戴上它，你看到的所有人的前额上就会显示一个字母，用来揭示他或者她的品行。好人会显示'G'，恶人显示'E'。聪明人用'W'标记，愚蠢的人用'F'标记。友好的人额头上标着'K'，残忍的人标着'C'。[4] 所以你只要看一眼就能知道所见之人的真正品行。"

"这个也是电子设备吗？"罗布接过眼镜问道。

"当然。美德、智慧和善良都是自然的力量，塑造着

---

[4] "G" "E" "W" "F" "K" "C" 分别为 "Good" "Evil" "Wise" "Fool" "Kind" "Cruel" 的首字母，分别表示"善良""邪恶""聪明""愚蠢""友好""残忍"。

人的性格。从这方面看，人类不应因为不好的品德而受责备，因为那是无意间养成的。所有品德都会发射出一定的电子波动，品行显示镜便会收集这些电子信号，并显示给佩戴者看，就像我之前解释过的那样。"电精灵说。

"真是个伟大的发现，"罗布说，"谁发现的这个现象？"

"这是一种事实，一直存在，只不过现在才第一次被使用。"电精灵说。

"哦！"罗布说。

"有了这三件礼物，再加上上星期你得到的那三件，你现在已经足以震惊世人，让人类认识自然力量可能创造的奇迹。你要好好利用这些设备，要为了促进科学发展而用，不要忘了你的承诺，只在那些最能理解它们的人面前展示你的宝贝。"电精灵说。

"我会记得的。"罗布说。

"下周同一天的同一时间我会再来，送给你你应得的最后三件礼物。再见！"电精灵说。

"再见！"罗布回答，只见电光一闪，电精灵消失了，房间里只剩下罗布和新得的三件珍贵礼物。

第九章
第二次旅行

　　现在，你已经对罗布的性格有所了解了吧。实际上，他只是一个普通孩子，智商平平，不经世事。他有着强烈的求知欲，对电的各种神秘特性感到非常好奇，所以花了大量时间去研究，还做了许多电力实验。但是他的研究是浅显的，只是根据当时的需要掌握了一点儿浅显知识而已。此外，他很孩子气，行事鲁莽，不负责任，不懂科学的严肃和生命的珍贵。对他而言，生活是一座壮观的剧院，即便自己不是最重要的演员，也应该是大家关注的焦点，所以他尽情地演绎着自己的角色。

要不是那次极其偶然的机会，迫使电精灵来到了他的生活中，罗布也可能像其他少年一样，长大以后要么才华横溢，要么成为泛泛之辈，一切就看命运怎么安排。但现在，他对流逝的时间满不在乎，也不会因为未来而烦恼。

不过，这些设备的重要性以及电精灵让他好好利用的严肃警告，让这个小男孩想得比任何时候都要多。吃晚饭的时候，他脑子里还满是那些东西，一副心事重重的样子，引得父母不时担心地看向他。

罗布心里着急想去测试新得到的礼物。他决定不再浪费时间，立即开始第二次旅行。但他没有跟家人说，担心他们反对。

他晚上一直留在客厅里，和父母还有姐姐们在一起，甚至还耐着性子和妮尔玩了一会儿弹球。但他越来越坐立不安，姐姐们生气了，不肯玩了，把他晾在一边，让他自己玩。

有那么一会儿，他想戴上品行显示镜，看看每个家人的真正品行。但他突然有点害怕，担心会后悔终生。家人们是他在世上最亲最爱的人，在他幼小的心灵中，他爱他们每一个人，相信他们品行端正，性情坦诚。一想到他们的额头上可能写着不好的字母，他害怕得直打战。

于是，他决定绝不用这副眼镜看亲友。如果那时有人戴着神奇的品行显示镜看他，我敢打赌这个少年的额头上一定会显示出"W"的字样。

家人们各自离开准备去睡觉时，罗布在回自己的房间之前，深情地亲了亲父母和姐姐们。回到他温馨的小房间后，他没有上床睡觉，而是穿上了护身衣，之后又套上了他最好的夏衣，不让闪闪发光的护身衣露出来。他看了看四周，看还有什么需要带。他想应该带上雨伞、雨衣，还要带一两本在路上读的书，还有几样别的东西。但最后他决定什么也不带。

"我不能带这么多累赘物，"他想，"我这次去的是具有现代文明的国家，想要什么就有什么。"但是，为了避免上次那种情况，他从地理书上撕下了一幅世界地图和一幅欧洲地图，叠了起来放进口袋。他还带上了一个之前当作幸运符的小指南针。最后，他还从用密码锁锁起来的铁盒里拿出了所有的积蓄，都是硬币，有十美分的，五美分的，还有一美分的，总共两美元十七美分。

"太少了，"他一边数一边想，"但我上次旅行的时候没用钱，这次应该也不会有问题。我不想问爸爸要钱，他可能会问我要做什么，不让我出门。"

他做好准备，把所有设备分别装进几个口袋时，已经快到半夜了，房子里一片安静。于是，罗布穿着长袜，蹑手蹑脚地走下楼梯，轻轻地打开后门。

七月的这个夜晚非常美丽，满月朗照。罗布穿上鞋，打开地图。月光很亮，能够看清地图，他在上面标出了穿越大西洋要去的第一个目的地——伦敦的路线。然后，他对了对指南针，将飞行器的指针调到"上"的位置，快速飞上了天空。等升到足够的高度后，他将指针调到东北方向，又稳又快地向前飞行，开始了旅行。

"出发啦！"罗布激动地说，"又是一星期的冒险！真想知道下周六之前会发生什么事。"

第十章
罗布为一位伟大的国王服务

　　新飞行器显然比旧飞行器好得多，它载着罗布以惊人的速度穿越大西洋。启程没多久，罗布就睡着了，醒来的时候太阳已经高照。他发现自己仍在快速飞行，脚下的大洋无边无际，风平浪静，泛着绿光。

　　罗布跟着一艘轮船的浪迹往前飞行，很快便追上了它，甲板上挤满了乘客。他降低了一点高度，想看清那些人。飞近之后，他听到了乘客的惊呼声，有好几十架防水望远镜在盯着他悬空的身体看。他感到不好意思，也不想让别人盯着看，就加快了速度，不一会儿就将轮船甩在了身后。

快到中午的时候，天空乌云密布。罗布担心暴风雨要来临了，就高高地升到了云层之上。那里的空气虽然稀薄，但非常新鲜，加上没有海面的反射，也不热。

他看见乌云像工厂烟囱排出的黑烟一样在脚底下翻滚，知道此刻地上正下着倾盆大雨。他暗自庆幸，好在自己没带雨伞、雨衣等累赘物，因为在这种高度，根本没有必要担心下雨。

因为距离地面太远，除了头顶澄澈的天空和脚下翻滚的乌云外，他什么也看不到。罗布便从口袋里拿出了自动记事仪，全神贯注地观看世界各地正在发生的大事。菲律宾正在进行一场大战，战斗非常激烈，罗布聚精会神地看了好几个小时。后来，美国士兵勇敢地汇集起来，将敌人打退到森林中。菲律宾士兵四处奔逃，最后在群山之中的一条深渊里汇合。

"要是我在就好了，"罗布想，"我可以告诉那个美国上尉去哪儿抓敌人。不过菲律宾太远，也不顺路，美国士兵永远都不知道他们差点儿就能大获全胜。"

罗布还饶有兴趣地看了委内瑞拉发生的一场叛乱：反对派军队装备精良却虚张声势，一味恫吓和威胁，不敢开战。

晚上，他发现的一件"大事"是最近上演的伯恩哈特[5]小姐的新戏。罗布非常开心，从头到尾看了一遍。不过因为没有买票，他感到有点愧疚。

"不过剧院太挤了，"他想，"而且我又没有占用预订的座位，也没有妨碍别人观看，所以有什么不好呢？不过，如果这种记事仪真像电精灵说的那样得到普及，大家都留在家里看戏，那么这些可怜的演员就会饿死。"这种想法让他感到不安，他第一次对电精灵要推广这种设备的想法产生了怀疑。

乌云已经散开，月光照在海面上，浪尖闪耀着珠光。

---

[5] 莎拉·伯恩哈特是一位十九世纪末二十世纪初法国舞台剧和电影女演员。伯恩哈特以她在法国的舞台剧表演而出名，闻名于欧洲和美洲，得到了"神选的莎拉"的绰号。

罗布关上了神奇的记事仪盒盖，不一会儿就睡熟了，一连睡了好几个小时。醒来后他惊讶地发现，脚下已经是陆地。他不知道自己什么时候离开了海洋上空，头脑里闪现的第一个念头便是将飞行器的指针调到"零"的位置。他在空中转了几圈，看看自己到了哪里。

这不是一件容易的事。他看到绿色的田野、湖泊、树林和城镇，但这些在许多国家都能见到。罗布发现自己还在高空中，便慢慢地下降到距离地面约 6 米的地方，刚好停在一个小镇边上。

很快，一群好奇的人聚集起来，他们相互大声呼喊，兴奋地指着他看。为了应急，罗布从口袋里拿出了小电管。可他在观察脚下那些人的服饰和相貌特点时，小电管突然从手里滑落，掉在地上，一头扎进了泥土里。

一个人马上跑过去，一下子被电得四脚朝天地倒在地上，一动不动。其他跑去帮忙的人很快也被电倒在之前那个人旁边。

罗布知道，小电管掉下去扎进土里的时候刚好压到了开关，所以一直发射电流，只要有人靠近，便会被电流击中。他不想伤到这些人，便降到了地面上，从土里拔出小电管，将开关复位，小电管便不再释放电流。

但是村民们已经认定这个男孩来者不善，所以罗布一下到地面，石头和木棒便像雨点般砸向他。但这些都不管用，护身衣挡住了石头和木棒并反弹了回去，他们扔的力气有多大，反弹力就有多大。"就像普通的回力棒。"罗布想。

对那些普通人来说，扔出去的东西这样被打回来就像被施了魔法一样，他们又疼又怕，大喊着四散而逃。

"待在这儿也没用了，"罗布后悔地说，"这么一闹，我不会受欢迎的。看他们的长相，听他们的口音，应该是爱尔兰人，我肯定是来到了绿宝石岛[6]。"

他看了看地图，确定了去伦敦的大概方向，然后又升到空中。不一会儿，他就飞过了通向英格兰海岸的海峡。

要么是地图错了，要么是指南针不准，要么就是判断得不对，总之在调整了五六次方位后，中午之前罗布到了

---

[6] 绿宝石岛是爱尔兰岛的别名，因其绿色的田野而得名。

伦敦上空。只看一眼他就知道，除非自己想引起大家的注意，否则绝不能降落在拥挤的街道上，得另找合适的降落点才行。

附近有一座巨大的教堂，楼顶尖塔高耸入云。罗布观察了一下这座尖塔，在石墙上找到了一个小洞，进去便是一间小屋子，里面挂着一顶大钟。他从小洞爬进去，钟楼里有一段楼梯，下面是个平台，于是他走了下去。

罗布走下三段楼梯，又经过一段狭窄、嘎吱作响的旋转楼梯，才终于来到教堂下部的一间小屋子里。小屋有两扇门，一扇通向教堂，另一扇通向一条小巷。两扇门都上了锁，罗布用小电管对着通往外面的门按了一下，门一下子就开了。然后，他大摇大摆地走到街上，好像他之前一直住在伦敦。

不用说，要看的景点很多，罗布累得走不动了，才在一座漂亮的公园里找了条长凳坐下休息。在树荫的半遮掩下，他打开记事仪开始观看。

"伦敦的确是个不错的城市，"他自言自语道，"我来看看英国人今天在南非做什么。"

他将旋钮旋转到"南非"，然后打开盒盖，立即就入迷了——一队英国士兵因为将领的有勇无谋而陷入了布尔人[7]的包围圈，此刻正拼死作战，试图突围，否则他们就要被俘虏。

"爱德华国王一定会对这件事感兴趣，"罗布想，"我要找到他，把这件事讲给他听。"

几步之外的地方站着一个警察。罗布走了过去，问道："国王今天在哪里？"

警察半是惊讶半是怀疑地看着他。"国王陛下正在万宝路宫殿休息，"他回答道，"你也许能在那里见到他。"他的语气里满是讽刺。

"是的，我的确想去。"罗布说，"我是美国人，我想既然来了伦敦，就应该顺便去跟尊敬的国王打声招呼。"

警察被逗乐了，笑出了声。

"美国人真是无知，"他说，"没见过这种怪人。那边

---

[7] 布尔人是指移民到南非的荷兰、法国等殖民者的后裔。英国人和布尔人之间为了争夺金矿和钻石矿共发生了两次战争。

就是宫殿，我想国王会热情地接待你的。"

"谢谢，我会找到他的。"罗布说完便离开了。警察看着他笑弯了腰。

罗布很快便知道警察为什么大笑了。宫殿四周都有卫兵把守，没有有效证件根本进不去。

"那就只有一个办法了，"罗布想，"就是直接走进去，因为没有朋友能引荐我。"

所以他大胆地走到了门前，卫兵将卡宾枪十字交叉挡住他，大喊了一声"停下"。

"不好意思，"罗布说，"我有急事。"

他推开卡宾枪，继续往前走。士兵们用兵器刺向他，其中一名士兵拿着一柄寒光闪闪的剑刺在他的胸口上，但他有护身衣，一点儿也没受伤，连子弹都没伤到他一丁点儿。

他来到宫殿入口，那里还有一队护卫守着，他们也命令他停步。这些卫兵的身高都在 1.8 米以上，肩并肩站着挡在罗布面前，他知道现在不用小电管是过不去了。"你们闪开！"罗布命令道。

没人搭理他。他拿出小电管，按下开关，举着它画了半个圆。眨眼之间，那些高大的卫兵就像保龄球球瓶被击中一样栽倒在地。罗布跨过他们的身体，进了接待厅。接待厅里面已经聚集了一大圈知名人物。每个人都肃穆无声，焦急地等待国王召见。

　　"我希望国王不忙，"罗布对迎上来的一脸严肃的官员说，"我想和他聊聊。"

　　"我……我……嗯……请见谅！"一位负责典礼的官员惊讶地大声说，"请问您贵姓？"

　　"哦，我是谁不重要。"罗布回答道，他伸手把这位绅士推到一边，直接走入国王的会客厅。

　　爱德华国王正在认真地和一位大臣商量要事，惊讶地看了一眼罗布，严肃地点了点头，便不再搭理这个小入侵者了。

　　但是现在没人能阻挡罗布。"国王陛下，"他插嘴道，"我有重要的消息要告诉您。南非正在发生一场大战，您的士兵很可能会战败。"

　　那位大臣生气地朝罗布走过来。"你为什么闯进来？"

他喊道。

"我已经解释过。布尔人又打了胜仗。给，你们自己看看！"罗布从口袋里拿出记事仪，大臣吓得直倒退，以为是能要了自己小命的厉害武器。但国王静静地走到罗布身边，去看打开的记事仪。

罗布早已知道这个东西的神奇之处，他注意到爱德华国王发出了一声惊讶的低呼，之后，国王便安静地观看正在遥远的非洲大陆上进行的激战。不一会儿，国王就敏锐地辨认出正在打仗的部队，意识到他们即将面临的危险。

"他们会全军覆没的！"国王气喘吁吁地说，"我们该怎么办？"

"哦，我们现在什么都做不了，"罗布回答，"但是看这些可怜的人勇敢地奋力求生挺有趣的。"

大臣这时也凑了过来看记事仪并大声抱怨，然后三个人都忘了身在何处，全神贯注地观看正在发生的悲剧。

英国士兵被数倍于自己的敌人重重包围，但他们极其冷静，顽强地抵抗敌人的进攻，力争死得其所。他们的长官身中数弹，和他从小一起长大的国王遮住眼睛，不忍心看这样可怕的画面。可国王最终抵不住好奇心，又开始看，突然他高兴地大叫："看那边！看那边！"

从群山顶上冒出来很多英国士兵。他们一列一列地出现，最后，连山腰上也全都是英国士兵了。他们呼喊着，奔跑下山帮助勇敢的战友，那喊声在三个观战人听起来就像微弱的回声。

布尔人瞬间溃散，急忙撤退，只一会儿就逃走了。那些英勇的士兵已经累得筋疲力尽，啜泣着扑向拯救者的怀抱。

虽然心里并不想这么做，但罗布还是"砰"的一声关上了盒盖。国王用手帕捂着嘴假咳了几声，偷偷擦了擦眼泪。

"结局还好，"罗布假装高兴地说，"但有一会儿您的士兵似乎有点儿顶不住了。"

爱德华国王好奇地看着这个男孩，回想着他的无礼闯入以及他刚刚展示的非同寻常的机器。

"那是什么？"他指着记事仪问道，手指激动得有点儿发抖。

"这是一个新发明的电子设备，"罗布一边回答，一边把记事仪装进口袋，"它能同步播放正在发生的事件。"

"在哪儿能买到？"国王急切地问道。

"没有卖的，"罗布说，"全世界只有我的这一个。"

"哦！"国王说。

"我真的认为，"罗布很有智慧似的点着头说，"这种记事仪最好不要普及。否则，您应该明白，有些人就会比别人更有优势，那样就不公平了。"

"当然。"国王说。

"我给您看那场战役只是因为我碰巧在伦敦，而且我觉得您会感兴趣。"罗布说。

"太感谢你了，"国王说，"但是你是怎么进来的？"

"说实话，我不得不撂倒您的几名高大的卫兵。他们似乎认为您是一样珍贵的东西，需要保护，就像柜子里的果酱。"罗布说。

国王笑了。"我希望你没有击毙我的卫兵。"他说。

"哦，没有，他们会醒的。"罗布说。

爱德华国王接着说："不管公众人物自身多么民主，但保护他免受打扰很有必要。你应该知道，见美国总统和见英格兰国王一样难。"

"哦，我不在意，"罗布说，"我没费什么力气就进来了。"

"你看起来年龄很小，却已经掌握了这么多大自然奇妙的秘密。"国王接着说。

"我的确很小，"罗布谦虚地回答，"但这些自然力量在世界之初就一直存在，总有一天会有人发现的。"他其实在引用电精灵的话，不过自己没有意识到。

罗布从口袋里拿出品行显示镜戴上，盯着大臣看。大臣的额头上显出"E"的字样。

"国王陛下，"罗布说，"我这里还有一项神奇的发明。您能戴上这副眼镜看看吗？"

国王立即戴上眼镜。

"这是品行显示镜，"罗布继续说，"它的镜片能够捕捉和收集每个人身上发射出的品行振动电流，并在这个人的额头上显示出他真正的品行。如果显示'G'，您就可以确定这个人品行端正。如果显示'E'，他肯定性情邪恶，您就要小心上当受骗。"

国王看到大臣前额上清楚地显示出"E"的字样，但他只说了声"谢谢"，就把眼镜还给了罗布。

可那个从一开始就不友好的大臣，现在显然生气了。"国王陛下，不要相信他！"他大声说道，"他说的全是谎话，他想骗您。"

"我没有批评你，"国王严肃地回答，然后又说，"我希望和这位小绅士单独待一会儿。"

大臣一脸沮丧，低着头出去了。

"现在，"罗布说，"让我们查看一下昨天的记录，看看那个家伙有没有干坏事。"

他把记事仪调到"英国"的位置，只见记事仪光滑的面板上缓缓地回放出过去二十四个小时内发生的主要事件。

国王还没来得及发出惊叹，记事仪就放映出一个场景：有三名绅士围坐在一间小屋里，他们正严肃地讨论着事情。其中一名正是刚才的那位大臣。

"这些人，"国王指着另外两个人低声说道，"是我的

死敌。这证明你那副神奇的眼镜正确地显示了这位大臣的品行。谢谢你提醒我，因为我一直很信任他。"

"哦，别放在心上，"罗布欢快地回答，"我很高兴能为您服务。但我得走了。"

"我希望能再见到你，"国王说，"我对你的电子设备很感兴趣。我会通知卫兵，你随时都可以进来，这样你就不用打进来了。"

"好的。不过真的没关系，"罗布回答道，"反正打倒他们一点儿都不费事。"

他突然想到自己应该注意一下礼仪，便在国王面前深深鞠了一躬。国王在他看来是"一个好人，一点儿都不高傲"。然后，他从容地离开了宫殿。

外屋里的人们好奇地盯着他看，卫兵长官恭敬地向他敬礼。罗布感到很好玩，笑了笑，双手插进裤兜里，头上的草帽高傲地歪到一边，气定神闲地走了出来。

第十一章
科学家

　　这天剩下的时间里，罗布在伦敦各处转了转，自娱自乐地观看伦敦人特有的行事方式。

　　天黑到不会引起别人注意的时候，他飞到空中，从教堂钟楼的一道窄缝钻进了一间挂满铃铛的小屋，他躺到楼板上，想在这里过夜。他刚入睡就听到一声震耳欲聋的响声，整个塔楼都跟着摇晃，原来是半夜的钟声。

　　罗布紧紧地捂住耳朵，钟声的轰鸣消失之后，他便走下楼梯，到了下一层的平台睡觉。可是，下一次钟声响起时，他的耳朵还是被震得嗡嗡作响，于是他又下了一层。这样被吵醒便下一层，再被吵醒就再下一层，直到后半夜他才到小屋里，安静地睡了几个小时。

天亮的时候，罗布坐了起来，揉了揉眼睛，困倦地说："教堂就只能是教堂，绝对不能当旅馆。我真应该在我的朋友爱德华国王那里过一晚。"

他又顺着楼梯爬到钟楼，从小窗往外看。之后，他查了查欧洲地图。"我得去巴黎走走，"他想，"我必须在周六之前赶回家见电精灵，所以必须珍惜每一天。"

罗布昨天晚上吃了营养片，所以也不用吃早餐。他从窗口爬出去，趁着早晨空气新鲜开始了飞行。他身下是大城市伦敦，宽阔的河流在脚下蜿蜒流过。他加快了速度，直奔东南，穿过英吉利海峡，飞过亚眠和鲁昂之间的地带，不到十点就到了巴黎。

巴黎城郊的一座高塔的楼顶平台上，一个人正在专心致志地校正一台望远镜。看到罗布在离塔不远的地方飞行，他大声呼喊："飞近些！到这里来！"接着那个人又用力地挥舞双手，激动地跳了起来。罗布大笑起来，降落到屋顶，站到那个法国男人身边。那人惊讶得眼珠子都要蹦出来。

罗布随意地问道："喂，你有什么事？"

那个人惊得好一会儿都说不出话来。他又高又瘦，头颅光秃秃的，可铁灰色的胡须却很浓密。他戴着金边眼镜，眼睛乌黑发亮。这人端详了罗布一会儿，用蹩脚的英语说："先生，你都没用机器，到底是怎么飞起来的？我自己坐气球飞过，但你……没有乘坐任何东西！"

罗布觉得跟这个新朋友讲解一下飞行器的工作原理是回报电精灵的好机会，因为这个人显然是科学家。

"教授，秘密就是这个。"他一边说，一边伸出手给他看飞行器，尽力解释它运用的各种力量。你可以想象得到那位科学家的惊愕。为了让他看看这台设备有多么好用，罗布调了指针，飞到高塔上空不远的地方，转了一圈之后又回到屋顶上。然后，他给这位科学家看了可以当作食物的营养片，告诉他每一片都储存了足够一天用的营养。

科学家屏息凝神地听着，亲眼看到这样非同寻常的飞行让他激动不已。"太棒了，太伟大了，太壮观了！"他惊呼。

"还有更好的呢。"罗布说着，从口袋里拿出自动记事仪，让科学家观看世界各地正在发生的大事。

科学家激动得浑身发抖，请求罗布告诉他哪里可以买到这样的电子设备。

"我不知道，"罗布干脆地回答，"但看过这些之后，你也许能搞明白它们的构造。既然知道这样的东西可以造出来，还很实用，那么聪明的工程师就能仿造出来。"

那位科学家瞪了他一眼，非常失望。罗布接着说："我还有别的宝贝，也是一件电子设备，可以说是我最珍贵的东西。"

罗布从口袋里取出品行显示镜戴上，惊讶地喊出声，他急忙转过身去，背对着这位新朋友。因为他刚才看到那位科学家的额头上写着"E"和"C"[8]。

"估计我碰见了坏科学家，真倒霉！"他厌恶地自言自

---

[8] 这里的"C"为"Cunning"的首字母，含义为"狡猾"。

语道。那个新朋友很快便验证了品行显示镜的准确性。看到罗布转过身去，他抓起一根用来固定望远镜的铁棒，用力打在罗布身上。幸好罗布穿了护身衣，否则他会被打晕。铁棒反弹了回去，把那个坏蛋打得仰面朝天摔在地上。罗布转过身来，朝他大笑。

"没用的，教授，"他说，"没人能暗算我。你可能想抢走我所有的宝贝，但我清楚地告诉你，它们不会听你这种恶棍的指挥！再见咯。"

那位科学家既惊讶又困惑。罗布没等他清醒到能说话的时候，就"嗖"的一声飞到空中，寻找适合降落的地点，他顺便可以欣赏巴黎这座著名城市的迷人景色。

巴黎的确是个迷人的地方。街道绿树成荫，两旁坐落着许多壮观的高楼。街上人群熙攘，罗布知道如果降落在他们之中，肯定会引起围观。已经有几个观光者注意到他在天空中移动，在他们头顶上飞行了，还有一两群人站着指着他。

最终，罗布在非常壮观的大英宾馆上空停了下来，他看到顶层中有一间房开着窗，前面还有一个用铁栏杆围住的阳台。他降到阳台后，想都没想就准备从窗口进去。这时，他听到一声尖叫，有人大喊了一句"有贼"。然后，他看见一个女人飞快地跑到另一个房间，"砰"的一声锁上了门。

"我不该怪她，"看到这一切，罗布笑了，没有意识到自己引起的恐慌，"我想她是把我当贼了，以为我是沿着避雷针爬上来的。"

他很快找到了通向走廊的门，走下几层楼梯后，来到了宾馆的登记处。

"住一天多少钱？"他向一个坐在办公桌后面的又胖又高傲的绅士问道。

那人惊讶地看着他，因为他没有看到罗布进门。他用法语跟一位刚好路过的服务员说了几句话，服务员便来到罗布面前，浅浅地鞠了一躬。

"我英语好得很，"服务员说，实际上他的英语很差，"你想什么？"

"住一天要多少钱？"罗布问道。

"十法郎，先生。"服务员说。

“那是多少美元？”罗布问。

“美国钱？”服务员说。

“是的，美国钱。”罗布说。

“哦，这样！大约两美元，先生。”服务员说。

“好吧，在破产之前我还能住一晚。给我开一间房。”罗布说。

“当然，先生。你有行李吗？”服务员说。

“没有，我现在就付钱。”罗布说完就开始数自己的硬币。服务员惊呆了，他似乎从没见过这种硬币。

服务员把钱交给那位肥胖的绅士，绅士好奇地查看了一遍硬币，又和服务员商量了好一会儿，才决定收下硬币，以此作为一天的住宿费。事实上，现在属于淡季，宾馆几乎是空的。听到罗布说没有别的钱了，胖绅士无奈地叹了口气，把硬币放进现金盒里。服务员把罗布领到宾馆顶楼的一间小屋子里。

罗布洗了澡，掸掉衣服上的灰尘，之后便坐下来看记事仪打发时间。记事仪的显示屏上一直播放着各种画面。

第十二章
罗布拯救了一个国家

罗布观看神奇的记事仪上不停变换的画面时，注意到一件让他非常惊讶的事，这使得他不得不认真地思考了很久。

"我觉得我该管管这个国家的政事了。"他最后说道，关上盒盖后，他把记事仪放进了口袋。

"如果我不插手，法国有可能很快就会消亡。"然后，他下楼找到那位会说英语的服务员。

"总统在哪里？"他问。

"总统！啊，他在总统府。在他家里，先生。"服务员说。

"他家在哪儿？"罗布问。

服务员告诉他如何走，说得罗布晕头转向，只得大声打断他："哦，非常感谢！"然后罗布就不满地走开了。

他走到街上，又问一个宪兵怎么去总统府，结果也没得到满意的答案，因为那个家伙挥着手指东指西，叽里咕噜地说了一大堆他听不懂的法语。

"如果再出国旅行，"罗布说，"我一定要提前学会他们的语言。电精灵为什么不发明一个会说所有语言的翻译器？"

罗布问了一次又一次，沿着那些人指的并不清楚的方向走了好几千米，才终于到了总统的住处。但门卫礼貌地告诉他，总统正在花园里忙碌着，不接见任何人。

"没关系，"罗布不慌不忙地说，"如果他在花园里的话，我很容易就能找到他。"

然后，在这些法国人惊讶的注视下，罗布一下子飞到离地面约 15 米的空中，看到了总统府的漂亮的后花园。府邸四周围着高墙，防止闲杂人等闯入。罗布降落到花园里，走到一个男子面前。那个人正坐在一棵枝叶繁茂的大树底下，伏在小桌上写东西。

"您是总统吗？"罗布鞠了一躬问道。

那人抬起头来。

"我已经告诉仆人不允许任何人打扰。"他用一口流利的英语说道。

"不是他们的错。我是从墙头飞过来的。"罗布回答。"其实，"发现总统皱着眉头，他接着说，"我是来挽救你的国家的。"

总统看起来很惊讶。

"名字！"他严厉地命令道。

"罗布·比林斯·乔斯林！"罗布回答。

"乔斯林先生，何事？"总统问道。

罗布从口袋里拿出记事仪放到桌上。

"先生，"他说，"这是一件能够记录重大事件的电子设备。我希望您看一下昨晚在巴黎发生的一件大事。这可能会影响您的国家的未来。"

罗布打开记事仪的盒盖，放到总统面前好让他看清楚，自己则观察这个大人物的表情——一开始是冷漠，后来有了兴趣，之后是好奇和惊讶。

"我的天啊！"他生气地喊道，"奥尔良派！"

罗布点了点头。

"是的，他们的计划很棒，是吧？"罗布说。

总统没有回答。他一边忧虑地看着记事仪里放映的录像，一边在手边的纸上写着什么。他脸色发白，嘴唇紧闭。最后他靠在椅子上，问道："你能重播一遍这个场景吗？"

"当然，先生。"罗布回答，"您想看多少次都行。"

"你能在这里待会儿吗？我想叫上警务部长。用不了多长时间。"总统说。

"那就叫上他吧。虽然我也很忙，但既然已经管这事了，那就管到底吧。"罗布说。

总统拉了下铃铛，给仆人下了一道命令。然后，他回到罗布身边，惊讶地说："你还是个小孩子！"

"是的，总统先生，"罗布回答道，"但我是一个美国孩子，这点您要记住。我向您保证正因这样，我才不一样。"

总统严肃地点了点头。"这是你发明的吗？"他问道。

"不是。我是发明不出来的。这是发明它的人送给我的礼物，世界上只有这一个。"罗布说。

"这是一个奇迹。"总统若有所思地说道，"不！它是一个真正的奇迹。我们生活在一个充满奇迹的世界，我年轻的朋友。"

"先生，没有人能比我更清楚这点了。"罗布回答道，"但是，告诉我，您的警务部长可信吗？"

"我想能够信任，"总统迟疑地回答，"但自从在你的设备上看到了许多我一直认为非常忠诚的人卷入这场阴谋中，我真不知道该信任谁了。"

"那么在您和警务部长议事的时候戴上这副眼镜吧，"罗布说道，"您会看见他额头上显现出字母。他在的时候，您先别张扬，等他走了，我会给您解释这些字母的含义，您就会明白了。"

总统戴上眼镜。

"天啊，"他说，"我看到你额头上的字母是……"

"停，先生！"罗布红着脸打断他，"我不想知道是什么字母，就像您也不想知道自己额头上显示的字母吧。"

总统似乎没明白他的意思，但幸好这时警务部长来了。罗布操作了一下，记事仪重播了奥尔良派密谋的画面，这让部长惊讶不已。

"现在，"罗布说道，"让我们看看，他们是不是还在干坏事。"

他翻转记事仪，让总统和部长观看正在发生的大事。

部长突然惊叫出来："啊！"然后他指着一个从加来港口的一艘英国轮船上走下来的人，激动地说："阁下，那是乔装打扮的奥尔良公爵！我必须暂时离开，下几道命令去。但晚上我会再来和您商讨，想出一个好办法，阻止他们的阴谋。"

部长离开后，总统取下眼镜还给罗布。

"您看到了什么？"罗布问道。

"字母'G'和'W'。"总统回答。

"那您可以完全信任他。"罗布说道，并向又惊讶又好奇的总统解释了品行显示镜的功能。

"我现在必须走了，"他接着说，"因为我在巴黎待不了多久，我要尽可能多看点东西。"

总统在一张纸上写了些什么，又签了名字递给罗布，然后朝他礼貌地鞠了个躬。"这能让你去巴黎的任何地方。"他说，"我很抱歉，你为我的国家做出了如此大的贡献，我却没能好好报答你。我衷心感谢你，非常愿意为你效劳。"

"哦，别客气，"罗布回答，"我想自己有责任提醒您，如果您行动迅速，就能阻止这场阴谋。我不要任何报酬。再见了，先生。"他调节了一下飞行器的指针，立即飞到了空中，引得法国总统一声惊叹。

罗布在巴黎上空慢悠悠地飞行着，选了一条空无一人的大街降落。他从那里悄无声息地走到了美丽的林荫大道。这时，街上已经灯火辉煌，寻乐的人们成群结队，到处都是。罗布在欢快的普通民众中穿行，欣赏这座美丽城市的夜景，由衷地感到轻松，因为这能让他暂时忘记拥有电精灵的珍贵礼物而肩负的责任。

第十三章
罗布丢了宝贝

　　我们的小冒险家本想在宾馆的小床上过夜，但巴黎热得让人难受，于是，罗布想，在地球上空凉爽的空气中飞行时睡觉要更舒服。所以，十二点的钟声敲响的时候，罗布便飞向夜空，朝下一个目的地维也纳飞去。

　　他升到了很高的地方，那里的空气非常新鲜舒爽。离开又挤又热的巴黎街道让他倍感轻松，不一会儿他便睡熟了。在大都市里的这一天，罗布过得非常充实，像所有的孩子一样，看风景看得忘乎所以，这会儿真是累得筋疲力尽了。

凌晨三点的时候，罗布在睡梦中不安地翻了个身，右手不小心碰到了左手上的飞行器的指针，飞行角度偏了几度，变成了往东南飞。他当然没有发现飞行方向的小小变化，这也注定了这个变化将在不久之后要带来巨大的影响。罗布太累了，一直睡到天大亮。他睡着的时候飞过了欧洲上空，现在正在接近正在打仗的东方国家。

他终于睁开了眼睛，可不知道自己在哪儿，身下是一片广阔的沙地。飞过沙地之后，他来到一片植被茂密的土地。不知为何，为飞行提供动力的电力增强了很多，身边的景物飞快地往后倒退，快得让罗布都快不能呼吸了。

"我想我肯定已经在夜里飞过了维也纳，"他想，"从巴黎到那里应该只要几小时。"维也纳现在已经被他甩在身后2500多千米了。但罗布的地理学得一直不怎么好，而且他还没学会怎样计算飞行器的速度，所以现在完全不知道自己在哪里。只一会儿，一个村庄便从他身下掠过。罗布有些担心，决定在看到下一处人类居住地的时候放慢速度。这是一个好主意，但是这里人烟稀少，罗布还没来得及做好下一步计划，就已经跨越了草木不生的一座山，就像一个杂技演员跨过跳高杆一样轻松。

"这可不行！"他着急地大喊，"飞行器好像在载着我逃跑，飞得这么高，我肯定会错过无数风景。"

罗布将指针调节到"零"，发现它像往常一样灵敏，才松了一口气。不一会儿，他的速度慢了下来，停在另一片沙地的上空。可他离地面太远，看不清平原地貌，便又下降了几十米到离地面更近的地方。放眼望去，他发现四面全是隆起的沙丘。"这是沙漠，没错，"他说道，"可能就是撒哈拉沙漠。"

罗布重新启动了飞行器，放慢了速度在沙漠上空飞行。不久，他看到前面有一个黑点，凑近一看才发现是一大群看起来很凶猛的人。那群人骑着单峰骆驼和精神昂扬的瘦马，手拿长枪和弯刀。

"这些人似乎要去惹事，"罗布从他们头顶掠过的时候说道，"要是他们的敌人碰上了他们肯定会倒霉。但我没有时间停下来，还是别插手这些麻烦事为好。"

然而，刚把那群人甩出视线，罗布就发现自己正要飞入一个草木繁茂的沙漠绿洲。绿洲中间有一座被高墙围起来的城市——沙城。他既没听说过这个地方，也不知道它的名字，因为只有几个欧洲人和一个美国旅行者来过这里。但从城市的规模和优美的风景推测，这应该是一个重要城市，于是罗布便决定在这里停留。

　　罗布决定和城里的人打交道之前先观察观察。围墙外不远的地方有一片树丛，每棵树都顶着茂盛的树冠，罗布降落在那里，坐在凉爽的树荫下休息。

　　这座城市十分安静，像是座弃城，罗布眼前是广袤的白色热沙地。他睁大眼睛，想看看刚刚见过的那群拿着武器的人，但他们走得太慢，现在还不见人影。

　　城外似乎只有这一片树丛，除此之外，罗布和高墙之间的地上只稀稀疏疏地长着一些矮树和灌木。左手边的城墙中有一扇紧锁着的拱门。

　　中午的安静和炎热让罗布昏昏欲睡。他伸了个懒腰，躺到树身最高、树叶最密的那棵树下，懒洋洋地睡了过去。"我要等等沙漠里的那群人，"他睡眼蒙眬地想，"他们要不就是这座城市的居民，要不就是入侵者，我要看看他们葫芦里卖的什么药，才好决定下一步该怎么做。"他很快就在树荫下舒服地睡着了，安静得像婴儿。

在他熟睡的时候，有三个人一个接一个敏捷地从城墙上跳下来，藏到了矮树丛中，悄无声息地从一丛灌木爬到另一丛，一点一点爬到这一小片大树底下。他们是沙城人，听从城里指挥官的命令，要爬上高树探查敌情。

罗布猜对了，沙城的确有点不安全，它正面临死敌塔城人的进攻。这三个密探和罗布在沙漠看到的士兵一样凶悍。他们的皮肤粗糙、肤色黝黑，眼睛里透着邪恶；腰带上别着旧式手枪和双刃匕首。尽管他们的衣服颜色鲜艳，却满是尘土，破旧不堪。

这三个沙城人小心翼翼地爬到大树边，当他们看到一个小孩躺在树下睡觉时，感到非常奇怪。他们锐利的双眼一看到他的服饰和白皙的皮肤，就认为他是欧洲人了。他们立即向四周看了一圈，想找到罗布的马或骆驼。可令他们诧异的是，附近既没有马，也没有骆驼。这些人不知道罗布是怎么来的，便好奇地站着看着他。

太阳照到罗布手腕上的飞行器光滑的面板上，金属面板反射出银光。最高的那个沙城人看到了，弯下腰，轻轻地从罗布张开的手臂上摘下了飞行器，匆匆地看了一眼后，就把这个小玩意塞进了外衣兜里。

罗布在睡梦中不安地动了动。另一个沙城人从胸口拿出一根又轻又结实的绳子，轻巧熟练地绕过罗布的手腕，把他的两只手绑到背后。他的动作不快，所用力量不足以让护身衣反弹回去，不过吵醒了罗布。罗布坐了起来，盯着抓他的人看。

"你们到底想做什么？"他问道。

三个沙城人笑出声来，用本族语说了什么。他们不会说英语。

"你们会自食其果的，"罗布生气地说，"你们伤不到我。"

那三个人没有搭理他。其中一人把手伸进他的口袋，掏出了小电管。那人没见过这个先进的设备，也不知道怎么按开关。罗布见他在看小电管空心的一端，低声说道："我真希望它会敲打你丑陋的头。"但那人以为这件闪亮的金属物件是个宝贝，就把它装进了自己的口袋，还拿走了罗布身上装着营养片的银盒。

罗布看见自己的宝贝被抢，一边扭动身子一边大喊大叫。因为双手被绑到身后，他便试着去摸飞行器上的开关。当发现飞行器也被拿走了的时候，罗布的怒气瞬间变成了害怕，他意识到自己现在的处境非常危险。

第三个沙城人从罗布的里衣兜里拿走了记事仪。他不知道怎么打开盒盖，所以只好奇地看了一眼，便藏到了腰带里，然后继续搜寻罗布身上的其他东西。后来，他又找到了品行显示镜，但在这个沙城人眼里，这只是一副普通的眼镜，便不满地又把它塞回了罗布的口袋里，还引来了同伴的嘲笑。罗布的十七美分硬币也被拿走了，被拿走的还有一把破旧的小折刀和一支铅笔。那人似乎觉得铅笔最值钱。

等他们拿走了罗布身上能够找到的有用的东西后，那个身材最高、看起来像是头领的沙城人，抬起穿着厚重靴子的脚在罗布身上狠狠地踢了一脚。让他感到十分意外的是，护身衣把这一脚用上的力气反弹了回去，差点让他摔得四脚朝天。于是他从腰带里抽出一把匕首，用力甩向罗布，可一眨眼的工夫，这个愤怒的沙城人就发现自己仰面躺在三米开外的地方，匕首则飞到空中，最后深深地插进了沙土里。

"再来啊！"罗布生气地叫，"只要你高兴。"

另一个沙城人将同伴扶了起来，三个人面面相觑，不知道这个被绑着的"囚犯"是怎么反抗的。领头的人小声说了两句话后，那几个人就拿出长枪，对准了罗布。然而，枪对罗布的攻击毫无效果。三个人惊叫着逃向城墙。大门很快就打开了让他们进去，城里的民众还以为是塔城人入侵了。

这种猜测倒也没有错到哪儿去——罗布沮丧地坐在沙土上，抬头望去，发现沙漠尽头涌出了一条黑线——入侵者来了。那伙人越来越近，罗布看着他们，对自己之前在陌生地小睡一下的愚蠢想法后悔不已，现在好了，他被轻而易举地绑了起来，弄丢了几乎所有的宝贝。

"我一直担心这些电子设备总有一天会要了我的命。"罗布伤心地想，"现在我走错了路，孤独无助地待在这个奇怪的国家，根本没有回家的希望了。在他们夺走我的护身衣前，我可能还算安全，但我也绝对走不出这片恐怖的沙漠。另外，营养片也丢了，我要是穿越沙漠，肯定会饿死。"

　　幸运的是，他在睡觉之前吃了一片营养片，所以不会立即挨饿。但是他非常沮丧，非常不开心，一个劲儿地想着自己悲惨的命运。直到突然听到一声大叫，他才抬头去看。

第十四章
一场大战

　　塔城人很快便悄无声息地到了，十几个骑着马的士兵把罗布包围了。罗布无助的境况引起了士兵们的好奇。几个塔城人赶紧砍断捆着他的绳子，扶他站起来。

　　其他人则用本族语言七嘴八舌地问问题。罗布摇头表示听不懂，于是士兵们带他去见首领。

　　首领身材魁梧，留着大胡子，很明显是残酷无情的塔城人。他穿着宽松的、镶嵌着珠宝的金丝长袍，骑在一匹乌黑色骆驼上，看起来十分威严。通常情况下，这种相貌凶悍、两只黑眼睛闪着寒光的勇士会让小男孩不寒而栗。然而受到刚才的打击，罗布心灰意冷，盯着首领那张可怕的脸，却一点儿都不害怕。

首领似乎没把他当成敌人。实际上，由于沙城人把罗布绑起来又抢走他的东西，首领把他当作了同盟。罗布发现与首领语言不通，便打起了手势。他让首领看自己空空如也的口袋，又伸出被绳子绑得过紧而留下红色勒痕的手腕，还气呼呼地朝着沙城挥拳头。

首领看后严肃地点点头，给手下发出一道命令。

这时，士兵们正忙着在沙城外搭帐篷，为正式进攻做准备。首领下令，让罗布住在离城墙最近的帐篷里，还给了他两把黄铜手枪和一把锋利的锯齿边匕首。这些显然是给小男孩攻打沙城人用的，小男孩也很高兴能拥有这些武器。

罗布发现自己周围都是朋友的时候情绪好多了，尽管大多数新伙伴面相凶恶，但没必要戴上品行显示镜精确地评估他们的品行。他想："对这些人不能太挑剔，他们可没像卑鄙的沙城人一样要我的命。我应该暂时投靠相貌凶悍的首领，找机会干掉那几个抢我东西的贼。要是我们赢了，我就有机会找回宝贝。当然，成功的可能性很小，不过这是我唯一的机会了。"

当晚，罗布就在新朋友中赢得了人心。太阳快落山时城门突然打开，一大群沙城人骑着快马和骆驼杀了出来。塔城人没料到这次突袭，突然陷入一场肉搏战，根本没时间组织反击，只好尽力保住性命。然而，在这样一场战斗中，沙城人并不占优势——塔城人奋力搏杀，出其不意地砍断敌人的马腿，这样马和骑马的沙城人就一起跌倒在地了。

第一波猛攻时，罗布朝一个沙城人开了枪，对方从马上跌落下来。男孩立即抓住缰绳跳上战马，冲到战斗最激烈的地方。子弹和攻击像雨点一样从四面八方打到他身上，但护身衣让他毫发无损。

子弹用光了以后，他抓起一把断柄的长矛当作武器，奔向沙城人最多的地方，用尽力气狠狠地打他们。塔城人欢呼着跟在他后面，而沙城人看到他奇迹般地躲过子弹变得又惊又怕，以为他有护身符，受到了神的庇佑。这种害怕的情绪扭转了战局。沙城人很快被打退，撤到城里后马上关紧了城门。

为了避免再次被突袭，塔城人立刻包围了城门。一旦沙城人打开城门，塔城人就有机会攻进去了。

罗布趁重新搭建帐篷的时候去了战场，找那三个抢他东西的沙城人的尸体，不过并没有找到。罗布断定："那几个人太懦弱了，不敢光明正大地打上一仗。"总之他非常失望，没有了小电管和飞行器，他感到很无助。

首领把罗布叫到自己的帐篷里，送给他一枚精美的戒指作为答谢。戒指上镶嵌着一枚鲜红色的鸽血宝石。收到这件礼物，小男孩感到非常自豪，他对首领说："老头儿，尽管你和海盗没什么区别，可你是个好人。要是你能想办法占领那座城，我就能拿回我的电子设备了，我会永远把你当作英雄的。"首领以为罗布这番话是在表达感激，便庄严地鞠了一躬作为回应。

沙城人和塔城人第一次交战的当晚，小男孩没睡觉，想设计攻下沙城。城墙又高又厚，他爬不上去；塔城人没有火炮，没办法摧毁城墙；城墙围住了绿洲肥沃的地带，城内的人有充足的水和给养，而塔城人只能靠带来的水和食物生存。

黎明之前，罗布走出帐篷去查看雄伟的城墙。月光明亮，男孩却担忧地发现，塔城人遵循他们的习惯，晚上并不安排哨兵、守卫，而且睡得很熟。城里也是一片寂静。罗布正要离开时，看到城墙顶上有个脑袋冒了出来。他认出那是抢他东西的沙城人之一。

那家伙发现除了男孩之外的所有人都在睡觉，就坐到墙头，不怀好意地朝着罗布笑，两只脚还晃来晃去的。罗布看着他，急得直喘气。沙城人做了许多手势，罗布都没看懂。最后，沙城人从口袋里拿出小电管，用手先指了指男孩，又指了指小电管，好像在询问小电管的用途。罗布摇了摇头。沙城人把小电管翻来覆去仔细地查看，也摇了摇头，看上去非常困惑。

这时，罗布因为激动而颤抖得厉害。他十分想拿回宝贝武器，又怕好奇的沙城人随时发现使用方法。他把手伸向小电管，极力用手势说明使用方法。那家伙似乎明白了，但不愿意把闪闪发光的小电管交出去。就在罗布快要绝望时，他忽然注意到手上那枚首领送的红宝石戒指，便把它摘了下来，用手势告诉对方自己愿意交换。

沙城人觉得这个主意不错，不住地点头伸手要戒指。罗布不信任他，但又十分想拿回小电管，于是决定相信他一次。罗布把戒指抛向城墙顶端，沙城人熟练地接住了。但罗布伸出手要小电管时，那个卑鄙小人只是嘲笑他，爬起来往回走。然而一个意外让这场可耻的背叛落空了，匆忙中，小电管从沙城人手里滑落，顺着城墙滚了下来，正好掉在罗布脚边。

那人转过身看着小电管掉下去，十分生气。男孩则捡起武器对准敌人按下了按钮。沙城人一声没吭就跌了下来，倒在墙根下一动不动了。

罗布的第一个想法便是搜这个人的口袋，令他高兴的是，他找到了营养片。自动记事仪和飞行器肯定在另两个劫匪手里，但是罗布有信心，因为小电管找到了。

天亮了，几个塔城人过来检查了沙城人的身体，惊讶地嘟囔着相互讨论。塔城人以为他死了，就将他丢到一边，把这件事抛到脑后了。

罗布拿回了红宝石戒指，给首领帐篷外的守卫看一眼，就可以通过了。黑胡子首领还没起床，罗布向他鞠了个躬，打着手势要一队士兵攻城。首领不明白男孩要如何取胜，似乎担心这个计划能否成功，但还是和蔼地下达了命令。

罗布走到城门，发现一大群塔城人已经聚集了起来，准备协助他。而营地的其他人也对这次行动很感兴趣，在旁观望着。

罗布并不在乎沙城人和塔城人之间的冲突，也不愿意偏袒任何一方。但他知道要想拿回电子设备，只能依靠对他友好的塔城人攻下城市，于是他决定硬闯进去。

罗布毫不犹豫地走到雄伟的城门口，用小电管发射电流，毁掉了门闩。接着，他大声呼喊寻求帮助，塔城人蜂拥而上，冲了进去。

沙城人听到巨大的门闩被炸成碎片的声音时，便料到会有麻烦，于是在城门被撞开前就集结好了队伍。塔城人挤作一团涌进城门时，子弹、长矛和箭像冰雹一样砸了过来，造成了惨重的伤亡。

罗布仍然冲在前面，护身衣让他毫发未伤。他很英勇，一次又一次地按下小电管的按钮，放倒从各个方向攻过来的敌人。在无法抵抗的电流面前，马匹和骆驼也纷纷无力地倒下。

塔城人看到这神奇的壮举时欢呼了起来，冲上前想协助罗布杀敌，但男孩示意他们退后——他不希望再有人白白送死，况且失去意识的沙城人很快就会醒过来。所以他独自面对敌人，以最快的速度将靠近的敌人击倒。

两个沙城人偷偷地从他身后靠近，其中一人操着一把巨大的、剃刀那么锋利的双刃弯刀，狠狠地挥向罗布。但防护衣产生了巨大的排斥力，以双倍的力量将弯刀击飞。弯刀撞到第二个沙城人的腰部，将他砍伤了。

从这以后，沙城人都离罗布远远的。很快沙城人就溃不成军了，除了少数几个逃兵和躲在地窖或阁楼里的懦夫，所有人都失去了意识。

塔城人走进城，发出胜利的欢呼。首领十分高兴，搂着罗布的脖子亲切地拥抱他。接着是洗劫沙城，凶猛的塔城人翻遍集市和房子，把能找到的值钱东西都抢走了。

罗布焦急地查看失去意识的沙城人，想找到另外两个抢他东西的人，但一个也没找到。不过随后他在街上遇到一个沙城俘虏，这人脖子上捆着绳子，被一群塔城人押着往前走。罗布立即认出那是其中一个劫匪。塔城人很乐意让罗布搜俘虏的身，罗布在一个口袋里找到了自动记事仪。

现在，除了能带他飞离野蛮国度的飞行器之外，所有的宝贝都找到了。他继续寻找，一小时以后在城中央的广场上找到了第三个劫匪。但发现飞行器不在他身上时，男孩陷入了绝望。

罗布听到远处又响起了打斗的声音，知道沙城人醒过来了，正与塔城人激战。塔城人分散在城里，以为自己十分安全，所以不光没做好战斗准备，还被沙城人的"起死回生"吓着了。他们不再勇猛，而是害怕地四处逃窜，被沙城人复仇的弯刀砍倒。

罗布坐在广场中央的大理石喷泉边，一群打了胜仗的沙城人来了，很快包围了他。男孩没理会他们的手势。沙城人不敢靠近他，站在不远处用步枪和手枪向他射击。罗布轻蔑地瞪眼看他们，沙城人发现伤不到男孩，便停止了射击，但仍然包围着他，而且人数还在不断增多。

女人们小心翼翼地从藏身处走了出来，与士兵们站到一起。看他们谈话的高兴劲儿，罗布猜他们收回了城市，也许赶走了塔城战士们。他沮丧地想，反正也逃不出这片绿洲，谁输谁赢都一样。

罗布看了一眼人群，突然定住了眼睛。一个年轻女子正把一个东西戴到一个身材魁梧、面貌狰狞的男人的手腕上。男孩看见一道闪光，这让他想到了飞行器，但那两个人很快低下头挡住了手腕，罗布什么都看不到了。

显然，那两个人是在查看奇怪的设备。罗布站起来走向他们，所有人都给罗布让路，但那两个人十分投入，没注意到他。罗布距那两个人还有几步远的时候，女孩的手指碰到了表盘上的指针。

罗布既害怕又惊慌。在人们的惊叫声中，那个魁梧的男子慢慢飞上了天。但是罗布纵身一跃，抓住了那个人的脚。罗布极力坚持着，两个人稳稳地飞上天，离地面已经很高了。

　　魁梧的沙城人先是可怜地大叫，后来吓得昏了过去。罗布非常害怕，只要他的手一滑他就会摔死。实际上，他的一只手已经抓不住了，所以他不顾一切地紧紧拽住沙城人的肥大的裤子，又小心翼翼地顺着裤腿慢慢往上爬，然后一把揪住沙城人的腰带。抓牢之后，他又有了信心，呼吸也更加顺畅了。

　　罗布紧紧抱住沙城人的身体，两条腿也夹住他，这个姿势是他在家爬樱桃树摘樱桃时用的。他克服了摔下去的恐惧，慢慢恢复了理智和体力。

　　他们已经飞到相当高的地方，下面的城市看起来就像沙漠中的一个斑点。罗布知道必须赶紧行动，沙城人仍然昏迷不醒，罗布抓住他垂着的左胳膊，想够到飞行器的表盘。他不敢摘下飞行器的原因有两个：如果飞行器从他手中滑落的话，两个人都会摔死；况且他也不确定飞行器是不是必须戴在左手腕才能用。

　　罗布不想冒险，没从沙城人的手腕上摘下飞行器，而是将指针对准"零"，再调到"东"。因为他既不想回到敌人沙城人那里，也不想回到他不喜欢的朋友塔城人那里。向东飞了几分钟之后，罗布完全看不到城市了。

他仍然紧紧抱着沙城人，调了一下指针，他们一起缓缓下降。当他们轻轻地降落在一块突起的岩石上时，男孩几乎筋疲力尽，他的胳膊由于抱得太紧而感到很疼。

他做的第一件事就是赶紧把飞行器戴到自己的手上。接着，他又查看了其他电子设备是否安然无恙地放在口袋里。之后，他坐到石头上休息，直到沙城人醒过来。

那个人不安地动了动，翻了个身，坐起来看了看四周。他揉了揉眼睛，以为自己在做梦，又惊奇又警惕地再次看了看。看到罗布之后，他像野人一样喊叫起来，还拔出了匕首。

罗布笑了笑，将小电管指向他。那人显然了解小电管的威力，皱着眉瑟瑟发抖地往后退。

"离开文明的城市来这里逛逛似乎也不错，"小男孩沉着地说，好像他的"同伴"能听懂一样，"既然你的腿又长又壮，那就自己走回去吧。"

沙城人闷闷不乐地看着他，但没做任何回应。

罗布拿出装营养片的盒子，自己吃了一片，给了他的敌人一片。那家伙特别没礼貌地接了过去，但是看到罗布吃了，他也决定吃下去。随后，他的脸上露出了难以置信的表情。

罗布笑着叫道："真勇敢！不管怎样，一段时间之内你不会挨饿了，这样我就能问心无愧地走了。"

罗布没再说什么，调了一下飞行器的指针飞上天空。沙城人坐在石头上，满脸迷惑地看着罗布离开，样子很滑稽。

第十五章
大战怪兽

　　我们年轻的冒险家又一次独自飞上了天，从未有过的轻松和安全感让他庆幸不已，而且，也不会有人偷电精灵送他的礼物了。沙城的遭遇、拿回飞行器孤注一掷的机会，让罗布想起来就后怕，也让他更加清醒、更加思虑周全。

　　我们这些从没离开过地面的人几乎不能理解，在令人头晕的高度飞行，罗布居然一点儿不害怕也不担心。对他来说，天空已经是名副其实的避难所了。过去的经历让他对电子设备的能力信心十足，那无形的力量带着他飞行时又快又稳。当他戴上手表一样小巧的飞行器时，他觉得自己是绝对安全的。

从沙城逃出来之后，罗布飞到了很高的地方，他把指针调到"零"，停在空中查阅地图来决定往哪个方向飞。这次的不幸令他不知不觉地飞过了欧洲各国，几乎飞越了半个地球。因此，返回美国最快的办法就是继续往东飞。

在沙漠绿洲耽搁了太长时间，想在周六下午赶回家，就必须加速了。罗布很快做出决定，调节了指针，向东快速飞去。

通过戈壁沙漠花了好几个小时，到了中午，一个更加富饶的国家出现了。罗布降低了飞行高度，好更仔细地观察中国——这个人口众多、古老的文明国度。

接着他去了中国的长城和雄伟的北京，还在北京上空盘旋了一阵，好奇地观察了一段时间。他真想在这儿停留一下，但上次的经历提醒他，远远地观察这座壮观的城市更安全。

飞过日本的时候天黑了，罗布非常想看看那里的群岛，就把指针调到"零"，停了下来，安静地睡到早晨。他可不愿再冒险在一片漆黑的夜里继续前进了。

你也许认为悬在半空中睡觉并不容易，然而飞行器的磁流非常平稳，罗布睡得非常舒服，就像躺在舒适的床上。他已经习惯了在天上睡觉，会睡得很香，根本不怕窃贼、炮火，也不怕城市居民会遭受到的其他骚扰。

然而罗布应该记得，他所在的地方是地球上一片古老、不为人知的区域。在传说中，身下的海域因有许多凶猛可怕的生物而闻名，而不远处的陆地上有龙、西摩格[9]和其他凶残的怪兽。

罗布可能在神话故事和旅行书中读到过，不过就算读过也不记得了。他安心地睡着，微微打着鼾。我想他会一觉睡到早上。

红太阳偷偷探出地平线时，罗布被很不寻常的声音吵醒了——那是一阵嘶哑的尖叫，还伴着大型风车转动形成

---

[9] 西摩格：一种神鸟。

的那种大风。他揉揉眼睛四处看了看。右手方向有只马一样大的巨鸟朝他飞来。巨鸟的弯形鸟喙大张着，露出两排尖牙，胸前的鸟爪向外伸着，比老虎的爪子更有力、更可怕，非常凶猛。

罗布既着迷又害怕，眼看着长毛怪物越飞越近，背后突然传来一声尖叫，紧接着他被一只强有力的翅膀击中，撞得他在空中连翻了好几个跟头。然而罗布很快就停了下来，那只从他身后窜出来的怪物正与同伴在他周围盘旋，不断地发出嘶哑狂怒的叫声。

罗布不明白为什么护身衣没有抵挡住巨鸟的攻击，但实际上，护身衣保护了他。因为不是鸟的翅膀，而是空气涡流将他卷离了怪兽。当指针指在"零"的时候，磁流、吸引力、排斥力之间截然相反的力量达到了完美的平衡，使得任何强烈的气流运动施加在他身上时，都如同夏风吹起羽毛一样轻柔。

罗布注意过这样的情况，但有强风时他总会飞到气流上方。这是他第一次在指针指到"零"的时候睡觉。

两只巨鸟又一次发动了攻击，这时罗布已经清醒过来，从口袋里拿出小电管。第一只朝他冲过来的怪兽正中强烈的电流，一阵眩晕跌了下去，落到海面上不动了。它的同伴或许是被突如其来的灾祸吓到了，盘旋着接近罗布，速度快得让他跟不上。

巨鸟离男孩越来越近，他在空中转身的速度不快，因为害怕巨鸟从背后攻击，也不清楚在这种情况下防护衣的保护能力，男孩便不顾一切地按下按钮挥动小电管，希望能击中那只怪鸟。

突然，电流击中了巨鸟，它大叫了一声，跌到海浪里与刚才那一只作伴去了。俯视海面，它们看上去就像两座漂浮的岛屿。两只巨鸟将周围的空气搞得臭气熏天，罗布赶紧启程，朝着东方快速飞去。

一想到刚才的战斗，罗布就不由自主地发抖。他有些害怕，要是没有保护措施，碰上这种长着尖牙、利爪的怪物，他肯定会手足无措的。他心里想："怪不得日本人把那些怪兽画得丑陋不堪。这里的人的大半生准是在战战兢兢中度过的。"

此时阳光明媚，美丽的日本群岛出现在罗布的视线中，他又恢复了愉快的心情。他慢慢地飞，好奇地看着古雅如画的村庄和辛勤劳作的日本人。

快飞到东京时，罗布遇到一座军事要塞，他花了将近一个小时，观看一个团的士兵熟练地进行早操演练。与其他国家的人相比，日本人的身材并不高大，但看上去警觉且训练有素。

罗布对日本人生活习俗的好奇心终于得到了满足，他准备飞越太平洋了，那可需要相当长的时间。查阅了地图后，他发现如果继续向东飞的话会到达旧金山一带，这正合他意。

到达最大高度之后他飞得更快了，因为这里空气更稀薄，阻力更小。罗布一直向上飞，几乎看不到日本群岛了。随后他开始向东飞，下面的太平洋水域宽广，像是一大块蓝色云彩。

第十六章
遭遇海难的水手们

　　看到这儿，罗布粗心大意的性格已经完全展现出来了。一定会让你惊讶的是，这个年轻人在接下来的几个小时里会非常想家，像任何一个会想家的男孩一样，变得相当沮丧难过。

　　他这么消沉也许是因为他远离人群，与这个世界没有了联系；也许是因为他看够了奇迹，几乎完全掌握了电精灵赋予他的能力而让他感到厌倦；也许是因为他是个活泼健康的美国男孩，想和全世界"开战"，想去冲锋陷阵，而不是现在这样特殊，没人敢反抗他。

或许他自己也不明白为什么会这么悲伤，但由于极度孤独痛苦，他拿出手绢，像婴儿一样大哭起来。

幸好没人看到，哭出来以后轻松多了。罗布擦干眼泪，挣扎了一番又恢复了快乐的心情。他对自己说："要是像天上的气泡一样一直待在这里，我肯定会疯掉。我猜下面除了水也没什么好看的，但如果能看见一艘船，甚至是一条跳出水面的鱼，我都会特别开心。"

于是他开始下降，离海面越来越近，恰好发现几乎在正下方有座小岛，小到没办法在地图上标记出来。但是岛中央有片树林，岛的四周是突起的石头，围着沙滩和一条长满鲜花、通往高处树林的小路。

从高处看，小岛非常漂亮，罗布的精神为之一振。

"我要下去摘束花。"他大叫道，不一会儿他就站在小岛平实的地面上了。

还没摘几朵花，他就听到了欢呼声。罗布抬起头，看到两个人从树林里向他跑来。

他们穿着水手的衣服，却是破破烂烂的，几乎遮不住他们褐色的瘦瘦的身体。他们一边跑一边疯狂地挥手，还高兴地大叫着："有船！来船了！"

罗布好奇地盯着他们，费了好大劲儿才阻止那两个可怜人将他整个抱住。他们看到罗布乐得合不拢嘴，其中一个人在地上打滚，又哭又笑；另一个人高兴地直跳，直到累得上气不接下气，才坐到他的同伴身边。

"你们怎么到这儿的？"男孩同情地问道。

那个又瘦又矮的人回答："我们是一艘美国帆船上的水手，一个多月前在附近遇到海难，船沉了。我们趴在一块残骸上漂到这儿来，但快要饿死了。真的，我们已经吃光了岛上所有能吃的东西，要是你的船晚几天到，我们就撑不下去了！"

罗布听了他们这段凄惨的经历，不禁心生同情。

"但我不是坐船来的。"他说。

两个水手一跃而起，露出害怕的表情，脸色变得苍白。

"没有船！"他们喊道，"你也遇到海难了吗？"

男孩回答:"不,我是飞来的。"接着他介绍了神奇的电力飞行器。

但两个水手对此不感兴趣。他们的失望之情叫人不忍心看,其中一个把头靠在同伴的肩上,由于极度悲伤而哭泣。经历了种种磨难,他们又虚弱又气馁。

罗布突然想起来他能帮上忙,从口袋里拿出营养片。

"吃吧。"他说着给了每个水手一片。

那两个人起初不明白小小一片营养片如何能缓解饥饿,但罗布解释过营养片的功效之后,他们赶忙吞掉了。很快,两个水手就恢复了体力和勇气,眼睛变得明亮,瘦瘪的脸颊也鼓了起来。他们头脑清醒了,能平心静气地和自己的恩人交流了。

男孩挨着他们坐在草地上,给他们讲了与电精灵的相识,又讲了拥有奇妙的电力发明之后的冒险。以他现在的心情,如果找人倾诉一番的话会轻松得多。于是这两个可怜、孤独的水手最先听到了罗布的冒险故事。

当罗布讲到自己如何紧紧抱着沙城人,两个人还一起飞上天空的时候,年长的水手全神贯注地听着,他想了想问道："为什么不能把我们其中一个或者全部带去美国呢？"

罗布花了点儿时间认真地想了想这个问题，两个水手则热切地看着他。最后他说道："带着你们恐怕连另一块陆地都飞不到。路途遥远，用不了一个小时我的胳膊就要被你们拉得脱臼。"

他们大失所望，但其中一个人说："为什么不用绳子把我俩挂在你的肩膀上呢？一边一个人能保持平衡，而且我俩这么瘦，并不是很重。"

在考虑这个建议的时候，罗布想起来，有一次，他的左腿上挂着五个海盗还飞了一段距离呢。

"你们有绳子吗？"他问道。

"没有，但是岛上有很多又长又坚固的藤蔓，和绳子一样结实柔软。"水手说。

男孩决定了，说道："要是你们敢冒这个险，我会尽力救你们的。但我必须提醒你们，万一我承受不住两个人的重量，我会把你们其中一个或者两个一起都丢到海里去。"

他们听了之后表情变得严肃，但高个水手说："你要是把我们留在岛上，我们很快就会饿死，你带我们走的话至少有机会活下去，就算会淹死我也愿意。而且，我比较重，估计你会先丢下我。"

罗布立即回答："当然。"

这番对话似乎鼓起了矮个水手的勇气，但他紧张地说："我希望你别飞太高，因为我恐高，飞太高的话我会头晕。"

"哦，你要是不想走的话，"罗布开口了，"那我就……"

"我想走！我想走！我想走！"矮个水手大叫着打断了罗布，"你要是丢下我的话，我就死定了！"

"好吧，找绳子去吧，我们一定要尽全力。"男孩说。

他们跑进树林，树干上缠绕着许多结实的褐绿色藤蔓。他们用小刀割下一条长长的藤蔓，在两头各系了个圈，大到足够让水手舒舒服服地坐进去。罗布把在海边捡来的海藻垫在肩上，防止绳子勒疼肩膀。

"现在，"罗布看两个水手准备好了，"就位吧。"

两个水手蹲坐在绳子圈里，罗布把藤蔓挂在肩膀上，将飞行器的指针对准"上"。

他们慢慢飞上天，小个子水手害怕地叫了起来，紧紧抓住男孩的胳膊。另一个水手尽管看上去很紧张，但安静地坐着，没制造任何麻烦。

"别……别……别飞……飞……飞……这么高！"小个子水手浑身哆嗦，结结巴巴地说，"我们会掉……掉……掉下去的！"

"你真的这么认为？"罗布粗声答道，"没掉进水里就不会被淹死，万一真出了什么事，我们飞得越高，你活得就越久。"

听了这番话，这个吓坏了的家伙似乎宽慰了一些。可他真的像刚才说的那样恐高，尽管决定要勇敢一些，但还是在瑟瑟发抖。

罗布肩膀上的重量没有他之前担心的那样重。使用者带着别的东西时，飞行器似乎能给这些东西提供点浮力，好减轻使用者的负担。

刚升到可以快速飞行的高度时，罗布立即将指针调到"东"，快速向前飞了起来。两个遇到海难的水手就悬挂在他身体的两侧。

"太……太……太可怕了！"矮个水手上气不接下气地说。

"行了，你闭嘴！"男孩生气地命令道，"要是你的同伴和你一样是个彻头彻尾的懦夫，我马上就把你们俩都丢下去。要想活着到达陆地，就放开我的胳膊，别出声。"

那个水手小声抱怨了一会儿，但还是设法安静了几分钟。接着，他突然抽搐起来，又抓住了罗布的胳膊。

"藤蔓……藤蔓会断的！"他呻吟着，脸上露出害怕的神色。

"我受够了。"罗布生气了，他调节了飞行器表盘上的指针，开始快速下降。

小个子水手害怕地尖叫起来，罗布没搭理他，直到两个水手的脚沾到水，才突然停止下降。

"你……你……你要干……干什么？"懦弱的水手哭着问道。

"把你喂鲨鱼——除非你保证不再多话。"男孩回答，"喂，快做决定！你选哪个，鲨鱼还是闭嘴？"

"我不会再说一个字。我用人格保证，不会了！"小个

子水手浑身发抖地说。

"好，记住你的承诺，别再惹麻烦。"罗布极力忍住不嘲笑这个怕得低声下气的人。

他再次上升，继续赶路，又快又安静地飞了几个小时。罗布的肩膀开始疼，但一想到这是在救两个同胞的性命，便有了坚持下去的力量和勇气。

他们看到陆地的时候，天渐渐暗下来，那片荒凉的地方是从美国海岸延伸出来的陆地，似乎没人居住。罗布随便选了个地方着陆，这一路身体上的负担和心理上的焦虑几乎让他精疲力尽。他把两个水手放在海边的一个悬崖顶上，然后摘掉身上的藤蔓，疲惫不堪、迷迷糊糊地坐在地上。

第十七章

俄勒冈海岸

　　稍稍恢复了一些，罗布坐起来四处看了看。年纪大一些的水手跪在地上真诚地祈祷着，感谢上帝让他脱离苦难，活了下来；年轻一点的水手被刚才可怕的经历吓坏了，躺在地上哭泣。尽管罗布没有像这两个人一样把心里话直白地表达出来，但他仍然非常高兴救了两个同胞。

　　天很快就黑了，罗布让两位同伴捡些柴生火，他们赶紧照做了。这个季节的晚上很冷，火的热量让人振奋，心生愉悦。大家躺在又亮又热的余火旁，很快睡着了。

第二天早上，罗布被说话声吵醒。他睁开眼环视四周，看到几个衣着简陋的人向他们走来。而那两个遇到海难的水手还在呼呼大睡。

罗布站起来，等着几个陌生人走过来。他们好像是渔民，看见有三个人在悬崖上睡觉，他们大吃一惊。

"你们从哪儿来？"最前面的渔民用奇怪的口音问道。

"从海上来，"罗布回答，"我的朋友们是水手，他们遇到海难了。"

"你们怎么爬到悬崖上的？"第二个渔民问，"据我们所知，之前从没人做到过。"

"说来话长。"男孩闪烁其词。

这时，两个水手也醒了，和这几个渔民打招呼。很快他们便相互攀谈起来。

"这是哪儿？"罗布听见矮个子水手问道。

"俄勒冈海岸。"有个渔民回答道，"去奥福德港的话，从陆地上走 11 千米，从海上走 16 千米。"

"你们住在奥福德港吗？"水手问。

"是的，朋友。要是你们想一起来的话，我们会尽量好好招待你们，因为你们遇到海难了，需要帮助。"渔民说。

在另一边交谈的几个人突然大笑起来，原来是年纪稍大的水手在解释罗布飞行的方法。

"爱怎么笑就怎么笑吧，"水手不高兴地说，"反正是真的，千真万确！"

"也许你觉得是吧，朋友。"一个高大和蔼的渔民说，"谁都知道遇到海难的人有时候会发疯，想出奇奇怪怪的东西来。你在其他方面似乎清醒得很，但我建议你别再做想飞的梦了。"

罗布走过去和两个水手握手。

"看来你们找到朋友了，"罗布对他们说，"那么我就继续上路不管你们了，我有急事要办。"

两个水手对罗布的搭救千恩万谢，但罗布打断了他们。

"不客气。我当然不会把你们留在那座岛上饿死，我很高兴能带你们离开。"罗布说。

"但是你吓唬我说要把我扔到海里。"矮个子水手伤心地说。

"我是说过，"罗布笑了，"我对谁都不会那样——何况那样我也会死。再见啦！"

他调节了指针向天上飞去，渔民们大惊失色，一个个瞪圆了眼睛，张大了嘴巴，看着罗布飞走。

"他们亲眼见了就会知道那两个水手没疯。"罗布心里想着，并转向南方，从悬崖上加速离开，"我看那些单纯的渔民永远都忘不了这神奇的一幕，他们也许会把那两个飞过太平洋的水手当作真正的英雄。"

他沿着海岸线飞行，离地面不是很高，快速飞行了一个小时之后，罗布到达了旧金山。

罗布的肩膀前一天被压得厉害，现在又酸又僵硬。他不止一次地希望能擦一些妈妈在家常备的药膏。然而，再一次回到祖国让他很快忘记了所有的伤痛。

尽管罗布很希望在太平洋沿岸的大城市玩上一天，可他只敢浏览一下，他看到了气派的高楼大厦，也惊异于一个唐人街里竟住着那么多人。

在天上看景物，比在街道上看得更清楚，也更节省时间。他像鸟一样俯瞰这座城市，一眼就能看完好几平方千米。

不用降落到地面，罗布的好奇心就已经得到了满足，于是他转向东南，沿着半岛一直飞到了帕洛阿托市，他看到了那里的大学里有雄伟的高楼。转向东方没多久，罗布就到了汉密尔顿山，他被利克天文台的瞭望塔所吸引，绕着它飞了几圈，后来他发现里面的人好奇地看着他，那些人一定在大望远镜里把他看得一清二楚。

但博学的天文学家们看到的这一幕太神奇了，他们难以置信，一直没敢公开。尽管男孩快速向东飞走已经很长时间了，他们仍在讨论这件令人惊异又无法理解的事情。后来他们秘密地将这件事记了下来，但从未想过要公开，以防自己的学识和权威遭到怀疑论者的质疑。

与此同时，罗布飞到了更高的地方，飞速穿过这片辽阔的大陆。中午时分，芝加哥出现在他眼前。罗布只在空中匆匆俯瞰了一眼，就决定至少花一个小时来了解这座国际化大都市。

第十八章
死里逃生

礼堂塔是天气预报员向全国播报天气的地方，罗布被它吸引了，打算飞下来看一看。他悄悄地落在气派的大楼楼顶，从楼梯走到了有电梯的楼层，再乘电梯到一楼，这样一来就不会引起特别的注意。

路人行色匆匆，罗布以为他们快要迟到了，在赶时间。他发现一个人舒舒服服地走在路上是不可能的，在哪儿都被挤来挤去的。在这种难以行进的环境下，游览半小时就把罗布累坏了。那个下午阳光明媚，不知不觉，他走到了湖滨，坐在一张没人的长椅上休息。

这时，一位表情冷漠、身穿黑衣的老先生坐到男孩旁边，从口袋里拿出了一本杂志。罗布看见他翻开一篇标题为《当代科学进步》的文章，很有兴致地读了起来。

过了一会儿，男孩饿了，因为他已经一天多没吃营养片了。于是他拿出银白色的盒子，吃了一小片。

"那是什么？"老先生和蔼地问道，"你太小了，不能吃专利药。"

"这些根本不是药。"男孩笑着回答，"这是营养片，通过电力把营养集中在一起。一片就能提供一个人一整天所需要的能量。"

老先生看了罗布一会儿，放下杂志，拿过盒子，好奇地查看着营养片。

"这个获得专利了吗？"他问。

"没有，"罗布说，"只有我有一盒营养片。"

"我花五十万美元买你的配方。"老先生说。

"恐怕我必须拒绝你。"罗布笑着回答。

"一百万。"老先生冷静地说。

罗布摇摇头。

"钱买不到配方，因为我自己也不知道。"罗布说。

"不能用化学方法分析营养片来找出配方吗？"老先生问。

"我不知道，但我不打算给任何人尝试的机会。"男孩坚决地说。

老先生没再说话，拿起杂志接着看。

为了消遣，罗布拿出自动记事仪，看着光滑的盘面上出现的许许多多的画面。

这时，他发现老先生饶有兴致地从他背后偷看——一位将军正忙着抓捕敌军首领。很快，这一老一小两人目不转睛地看了起来。画面中出现了俄国的一个秘密隧道，反叛者将炸药安置到沙皇宫殿的地下深处。老先生长出了一口气问道："这个盒子能卖给我吗？"

"不行。"罗布简短地回答，将记事仪放回口袋。

"我出一百万美元买下芝加哥的销售权。"老先生继续说，平静的声音中透露出热切。

"你似乎非常想花钱。"罗布小心地说,"你有多少钱?"

"我个人吗?"老先生问。

"是的。"罗布说。

"小伙子,我一分钱都没有。我要给你的不是我自己的钱。但你的那几样发明,能让我轻易弄到几百万。假如我们能成立一个垄断机构,凭那几样发明,就能赚到几个亿。我可以给你四分之一的股份,也就是两千五百万。这样一来你就有吃不完的零食了。"老先生说。

"但我有营养片,不需要零食。"罗布笑着说。

"很对!但有了钱就能活得自在,舒舒服服地看报纸,不用急急忙忙地赶去上班。投资得当的话,两千五百万还会给你带来不错的收益。"老先生说。

"要是有了自动记事仪看世界各地发生的事,干吗还读报纸呢?"罗布反驳道。

"对,太对了!你认为我的提议怎样?"老先生问。

"我必须拒绝,但还是谢谢你。这些发明不卖。"罗布说。

老先生叹了口气,再一次专心地看起了杂志。

罗布戴上品行显示镜，这位沉着体面的老先生的额头上清楚地出现了字母"E""W"和"C"。

"邪恶、聪明和残酷。"罗布心想，然后把品行显示镜放回口袋，"这种人就是爱把想法强加于人。他冷酷得能让水结成冰。"

罗布决定趁机离开这个偶遇的人，他从椅子上站起来，悠闲地走开了。过了一会儿，他回头看了看，发现老先生已经不在那里了。

他沿着州街走到河边又走回来，被城市里这片区域的繁忙景象逗得发笑。但是，他允许自己在芝加哥停留的时间到了，于是他到处看看想找座高楼，从屋顶起飞就不会引人注意。

这一点都不困难，罗布选了一个商场，乘坐电梯到了最高层，再爬上铁梯子到达楼顶。爬楼梯的时候，他发现一个样貌端正的年轻人跟着他，那个人似乎也想到楼顶欣赏这座城市。

那个人的意外闯入让罗布有点烦，他本想回到街上再找一座大楼。但是看起来那个年轻人不会待太久，很快就会只剩罗布一个人了，所以他决定等一等。于是，他走到楼顶边，装作兴致勃勃地看着下面的景色。

"从这儿看景致很不错，是吧？"年轻人走到罗布的身边，把手随意地搭在他的肩上。

"的确很不错。"罗布看着下面的街道说。

正说着，罗布感觉自己被推了一下，这一下力气不大，但很坚决——罗布失去了平衡，从屋顶倒栽葱般掉了下去，旋转着跌向下方的人行道。

他被这突如其来的灾祸吓坏了，但仍能清醒地伸出右手，把左手腕上的指针调到"零"。令他害怕的下落立刻停止了，他停在离石板路不到 5 米的地方，差一点摔死在路上。

罗布向下看，努力恢复神智，他看见在湖滨遇见的那个老先生就在下面抬头看着自己，眼神里半是害怕半是惊奇。

罗布立刻明白了这个阴谋，有人要害死他，好将他的电子设备据为己有。屋顶无意间出现的想害他的年轻人，似乎是这个面相无辜的老先生的同伙，而老先生则冷静地等着自己掉到石板路上，再从自己身上拿走梦寐以求的宝贝。真是阴险啊，罗布这辈子从没这么害怕过——之后可能也不会这么害怕了。

但此时男孩听见了大广场上的旁观者们发出的叫声，这才意识到自己正停在半空中，下面是大城市热闹的街道，几千双好奇的眼睛正注视着他。

于是罗布立即将指针调到"上"，一直向上飞到街道上的人看不到他为止。接着他向东逃去，一路上仍然被这次死里逃生的经历吓得瑟瑟发抖。一想到有人为了满足自己的欲望而如此轻视别人的生命，他的心中就充满了厌恶。

"电精灵还想让这样的人拥有他的电子设备，它们在坏人手里的破坏力与在好人手里的威力一样大！"男孩愤愤地想，"自私和没有原则的人拥有了小电管、自动记事仪和飞行器的话，这个世界就完蛋了。"

这段时间的经历让罗布烦躁不安，他决定不在别的地方停留了。然而，他起飞的时候已是黄昏，所以当晚他住在了一个农场的谷仓里，在柔软的草垛上睡了一觉。

第二天一大早，其他人还没起床的时候，他就再次出发了。十点整，他结束了环游世界的旅程，悄悄地降落在自家修剪整齐的草坪上，而这一天正是周六。

第十九章
罗布下定了决心

罗布打开前门正好遇到了妮尔，她高兴地叫出了声，抱住了罗布。

"哦，罗布！"她叫道，"我真高兴你回来了。我们都担心得要命，妈妈她……"

姐姐没再说下去，男孩焦急地问道："妈妈怎么了？"

"她病得很严重，医生今天说除非很快能得到你的消息，不然他也救不了妈妈。没有你的消息，妈妈快被折磨死了。"妮尔说。

罗布一动不动地站着，他让亲爱的妈妈承受了这么大的痛苦，害怕的心情立刻淹没了回家的喜悦。

"她在哪儿，妮尔？"他失魂落魄地问。

"在她的卧室。来吧，我带你过去。"妮尔说。

罗布跟着姐姐，心跳得厉害。他进了屋，一下子就扑到了妈妈的怀里。

"哦，我的孩子，我亲爱的孩子！"妈妈低声说道，看到了爱子她高兴得说不出别的话来，只会紧紧地抱着他，温柔地抚摸他的头，一次又一次地亲吻他。

罗布没有多说，他保证，没有妈妈的允许他再也不会离开家了。可在他的心里，正把眼前被爱和舒适包围的生活，与之前那种孤独反常的生活做比较。尽管罗布还是个孩子，可一个对成年人来说都值得称赞的强大决心在他心中扎了根。

他不得不把冒险经历一一讲给妈妈听，尽管他将遇到的危险轻轻带过，妈妈还是不停地叹气、发抖。

吃午饭的时候，罗布见到了爸爸，乔斯林先生借这个机会狠狠地批评了他离家出走、让家人们为他的安危担忧的行为。但看到妻子那么高兴，身体也好转了很多，又听到罗布像男子汉一样承认错误，诉说自己的悔恨，他很快原谅了儿子，像以前一样对他和蔼起来。

当然了，罗布又要重复一遍自己的故事。他的姐姐们听的时候都瞪大眼睛竖起耳朵，非常羡慕弟弟的冒险经历。就连乔斯林先生也非常感兴趣，但他尽量克制，免得显示出对儿子的骄傲之情。

爸爸回去上班后，罗布回到自己的卧室，坐在窗前，思考了很长时间。当他最终起身的时候，已经将近四点了。

"电精灵马上就来了，"他心里涌出一阵厌恶，"我必须去工作室迎接他。"

他蹑手蹑脚地走上阁楼的楼梯，停下来听着。整座房子似乎很安静，但他能听到妈妈低声哼唱着摇篮曲，自己还是个婴儿的时候妈妈唱给他听过。

在那之前，罗布一直紧张不安，还有些害怕，但或许是妈妈的声音给了他勇气，他大胆地走上楼梯，进了工作室，锁上了门。

第二十章
苦命的精灵

周围的空气流动又一次加快了，颤动越来越明显。男孩也发现自己再一次期待起来。空气中出现了一个旋涡，伴着远处步枪射击一样的啪啪声，一束耀眼的光闪过——电精灵第三次出现了。

"你好啊！"电精灵友好地说。

"下午好，电精灵先生。"男孩郑重地鞠了一躬。

"你平安地回来了。"电精灵继续高兴地说，"有那么一次，我还以为你逃不出来了。要不是我在那个卑鄙的沙城人爬上墙头时把小电管从他手里击落，我相信你现在还待在沙城呢——是死是活全靠你的运气了。"

"你去那儿了？"罗布问。

"当然。我替你拿回了小电管，没有了它你就束手无策。但只有那一次，我认为可以插手。"电精灵说。

"恐怕我没有机会给发明家们或科学家们许多暗示了。"罗布说。

"是的，我深表遗憾，"电精灵回答说，"你非同寻常的能力造成的震惊和恐慌比你想象得要多。看到你的人里，有很多都因为你太忙了没注意到。结果，几个有能力的电气工程师正沿着新方向，思考一些新的东西，其中一些人可能很快就能制造出类似的发明。"

"那么你满意了吗？"罗布问。

"这一点呢，"电精灵沉着地回答，"我并不满意。但是我希望，有了今天我送你的三件非凡的礼物，你能成功激发人们对电力发明的兴趣，这样我才会对这次尝试的结果完全满意。"

罗布严肃地看着聪明的电精灵，没有说话。

"你是第一个，"电精灵接着说，"接过这些能够安慰人类、使人类生活得以延续的装置。毋庸置疑，你不是最佳人选。自从我们认识以后，我逐渐意识到你只是个普通男孩，孩子气的性格造成了很多阻碍，所以我从未因为你的愚蠢行为而严厉地责备你。"

"谢谢你。"罗布说。

"为了表示友好，"电精灵继续说道，"我今天带来的第一件礼物是电磁恢复器。你看，它就像一条细细的金属带，要绕过额头，在后脑勺那里系好。它的功效超越任何传说中的'不老泉'和'长生仙丹'，前人的寻找都是白费力气。戴上它的人，身上的所有疾病和疼痛将立即消失，达到百分之百的健康状态，充满活力。实际上，它强大到可以让人死而复生，只要血液没有凝固。把这个物件送给你，我觉得是赠予你的最好的祝福，这可是受苦受难的人类梦寐以求的恩赐。"

他将细长的暗色金属带子递给男孩。

"我不要！"罗布说。

电精灵吓了一跳，奇怪地看着他。

"你说什么？"他问。

"我说你留着吧，我不想要。"罗布回答。

电精灵踉跄着后退了几步，似乎是被吓到了。

"你不想要？"他大口喘着气说。

"是的，我受够了你那些可恶的发明！"男孩突然生气地叫道。

他从手腕上摘下飞行器，放在电精灵身边的桌子上。

"我遇上的大多数麻烦都是因为这个而起。"他怨愤地说，"谁有权力在同胞们慢慢地走在地上时，自己却在天上飞行？凭什么你给了我这个讨厌的飞行器，我就该与所有人断绝往来？我没想要，以后也不会留着它。去送给一个比我更让你讨厌的人吧！"

电精灵目瞪口呆，闪闪发亮的眼睛里充满了惊愕，他把目光从罗布身上转向飞行器，然后又转回罗布，似乎要确认自己没看错，也没听错。

"还有你的营养片。"男孩接着说，把盒子放在桌上，"自从你给了我这个，我只好好吃过一顿饭。它们用来保命确实不错，可这就是营养片唯一的优点了。我不认为大自然想让我们靠这种东西活下去，不然我们就不会有味觉，能享用天然的食物了。只要我是人，就要和别人一样吃东西，所以我不会再吃营养片了，你给我记住！"

电精灵无力地跌坐在椅子上，但仍然害怕地盯着男孩。

"还有一件违反常理的设备，"罗布说着，把自动记事仪放在桌子上的其他几样设备旁边，"你有什么权力捕捉别人的振动，从而探得别人的隐私和秘密，还要告诉不相干的人？要是人人都能窥视别人的隐私，世界就会变得很美好？是这样吗？还有品行显示镜，在正直的人手里是个好东西，是吗？用这个鬼鬼祟祟的装置占便宜的人还不如一个贼！当然，我用过，我理应因为这种卑劣低俗的行为被打屁股，但我以后再也不用了，再也不会感到愧疚了。"

电精灵生气地皱着眉。他站起来，但觉得坐着更好，于是再一次坐下了。

"至于护身衣，"男孩停了停接着说，"我再也不穿了，还给你。我把它和小电管都放在这儿。倒不是因为它们是不好的东西，而是我不想再用你的神奇的发明了。不过我必须承认，要是所有的军队都不再使用刀枪而使用小电管，世上的痛苦和不必要的牺牲会减少很多。也许将来能够实现，但现在还不行。"

"你可能操之过急了，"电精灵坚定地说，"要是你够聪明，就能恰当地运用这些力量。"

"就是这个原因，"罗布回答，"我不够聪明。大多数人类也不够聪明，不能像你一样无私地运用这些发明，为世界做贡献。要是人类更优秀一点，人与人都能平等相处，情况就会大有改观。"

电精灵坐着静静地想了一会儿，终于松开了眉头，他兴奋地说："我还有别的发明，也许你用起来不会那么良心不安。我给你的电磁恢复器对人类大有益处，而且不会造成伤害。除了这个，我还给你带来了无限沟通器。那是个简单的电子设备，不论在哪儿，你都能与世界上任何地方的人交谈。实际上，你可以……"

"别说了！"罗布叫道，"你再怎么描述都没用，我与你和你的发明没关系了！我已经公平地评价过它们，它们也让我陷入过各种麻烦之中，让我所有的朋友痛苦。如果我是个厉害的科学家，就不会是这样了，但我只是个普通的小男孩，而且我只想做个普通的小男孩。"

"但，你有责任……"电精灵开口说道。

"我只对自己和家人负责。"罗布打断了他，"我从来没深入研究过科学，仅仅做了几个简单的电力实验而已，所以我不必对科学和电精灵负责，我就是这么认为的。"

"但你想想，"电精灵不同意他的话，站起来用恳求的语气说，"想一想多少年以后才会有人再次触碰到万能钥匙！想一想在这段时间里我会多么的无助，手里有这么多对人类有益的奇妙发明，却一点儿都感受不到世上的乐趣。就算你不喜欢科学，也不想推动文明发展，但拜托你为你的同胞考虑一下，也拜托你为我考虑一下！"

"要是我的同胞们用了你的电力发明，会和我一样惹出许多麻烦，我就帮他们个忙，不让他们得到你的设备。"男孩说，"至于你呢，你本人无可挑剔，是个非常正直的精灵，我也相信你是出于好意。我相信，我们目前的合作方式出了问题。这不符合常理。"

电精灵做了个绝望的手势。

"为什么不是个聪明人碰了万能钥匙呢！"他抱怨道。

"太对了！"罗布喊道，"我敢肯定，所有麻烦都是因它而起的。"

"是什么？"电精灵傻乎乎地问。

"就是没有聪明人碰到万能钥匙。你似乎不明白，我来解释一下。你是电精灵，没错吧？"罗布说。

"没错。"电精灵骄傲地挺直了身体。

"你的使命是听从于任何碰到万能钥匙的人。"罗布说。

"没错。"电精灵说。

"我在一本书中读过，万事万物都遵循大自然的法则。如果真的是这样，那么你的存在也是遵循法则的。"电精灵点点头，"毫无疑问，法则本意是等到人类够聪明够先进的时候，再去触碰万能钥匙，这样，你和你的设备就不仅仅是一种需要，也不仅仅是能被人类接受的，整个世界都会迎接普遍应用它们的那一天。这才是合理的，你觉得呢？"

"也许是吧，听起来很合理。"电精灵若有所思地答道。

"意外很容易发生。"男孩接着说，"很长很长时间以后，科学界才会为万能钥匙——或者说为你做好准备。但我偶然碰到了万能钥匙，你没想过是不是意外，也根本没注意到这个问题，就立即出现在我这么一个普通男孩的眼前，还要为我服务。"

　　"我非常想做点什么。"电精灵含糊地说，"你根本不知道，没有人看见也没有人知道你的日子有多无聊。与此同时，我还怀揣着无数对世界有益的秘密。"

　　"你必须冷静等待时机。"罗布说，"世界的发展需要时间，尽管文明正以很快的速度向前推进，但我们还没准备好迎接电精灵。"

　　"我该怎么办？"电精灵抱怨着，痛苦地拧自己的手，"哦，我该怎么办！"

　　"回家躺着，"罗布体谅地回答，"放松些，别紧张。人们常说，存在即合理。所以一定有你大显身手的那一天！我真同情你，老伙计，可这都是你自己的错。"

　　"你说得对！"电精灵边叫边迈着大步走来走去，房间里充满了电火花发出的啪啪声，连罗布的头发都硬得立起来了，"你说得对，我必须等待，等待，再等待，耐心安静地等待，一直到有聪明人解开我的枷锁，而不是靠意外！真无聊。不过我必须等，必须等，必须等！"

"我很高兴你想通了。"罗布冷冰冰地说，"那么，要是你没什么要说的了……"

"没了！没有要说的了。没有要说的了。你和我是两个世界的，我们根本就不该见面！"电精灵打断了他，看上去十分激动。

"我没想找你，"罗布说，"但我尽量亲切地对待你，我没觉得你做错了什么，你只是一个想当主人的小奴隶。"

电精灵没出声。他正忙着把罗布还给他的各种电子设备放回自己火一样的外套口袋里。

最后，他突然转过身来。

"再见啦！"电精灵大声说，"下一个看到我的凡人将是个有能力命令我的人！至于你呢，你将默默无闻地过完一生，你的名字将无人知晓。再见，永别啦！"

一道白色的光充满了整个房间，像一道闪电一样明亮，男孩踉跄着后退了几步，耀眼的光令他有些不知所措，什么都看不见了。

罗布恢复过来的时候，电精灵已经不在了。

罗布离开工作室走下阁楼的时候，觉得轻松极了。

"有人可能会认为，我放弃那些电力发明是愚蠢的行为，"他想，"但我是个懂得知足的人。对我来说，不懂得吸取教训的人才是愚蠢的人。好吧，我已经得到了教训。领先时代一个世纪一点儿都不好玩！"